5/24.–

Hilary Mullins

ALI BA BA

Dieses Buch verdanken wir Kristin Braun, die es von einer Reise nach Amerika mitbrachte und zur Übersetzung empfahl. Kristin, der so vieles gelang, starb Ende 1994 an Krebs.
In Dankbarkeit widmen wir ihr diese deutsche Ausgabe von »Die Katze kam zurück«.

Hilary Mullins

Die Katze kam zurück

übersetzt von
Cornelia Holfelder-von der Tann

Alibaba Verlag
Frankfurt am Main

Umschlaggestaltung: Sarah Schumann
Lektorat: Margret Reuter

Die Katze kam zurück
aus dem amerikanischen Englisch übersetzt von Cornelia Holfelder-von der Tann
Originaltitel: The Cat Came Back

Satz: Satzstudio Zeil, Frankfurt am Main
Druck: Druckerei Dan, Ljubljana, Slowenien
Printed in the Republic of Slovenia

ISBN 3-860 42-188-3

12. Januar 1980, Samstag

Was soll man nun mit so einem Tagebuch machen? Täglich sein Herz ausschütten? Oder bei Adam und Eva anfangen? Ich habe ja schon öfters versucht, so ein Ding zu führen. Es hat nie geklappt. Ich wette, in zehn Jahren werde ich irgendwo auf dieses hübsche, handgebundene Büchlein stoßen, das Mom mir damals zu Weihnachten geschenkt hat, und es aufschlagen, und dieser eine Tag, der 12. Januar, wird alles sein, was drin steht. All meine alten Tagebücher sehen so aus – zehn, zwanzig Seiten vollgekritzelt, der Rest leer. Vom allerersten an, das ich hatte, als ich sieben war, in dem Jahr, als wir hierher nach Vermont zogen. Na ja, was hatte ich damals auch schon zu schreiben? Wie toll es war, als Onkel Philip wegen Haschisch-Dealens aus dem College flog, und wie er hier raufkam, um eine Zeitlang bei uns zu wohnen?

Kotz. Das ist es ja gerade. Man soll über das schreiben, was wirklich passiert. Aber wir schreiben garantiert NICHT darüber, über ihn. Schreiben wir also über was anderes.

Ich bin so froh, daß ich morgen schon wieder in die Schule zurückfahre, zum Eishockeytraining. Das Blöde ist, daß es mich immer total runterzieht, hier oben in den Bergen zu hocken. Klar, hier in Vermont ist es viel schöner als in der Schule in Connecticut, aber hier ist einfach nichts los. Und Weihnachten war auch nicht gerade der Knüller, mit Oma und Opa und – würg – Philip, den sie einfach mit angeschleppt haben. Brrr. Der hat sogar versucht, mir diesen fetten »freundschaftlichen« Kuß aufzudrücken. Igitt! Ich bin siebzehn, nicht mehr sieben! Kapiert er denn nicht, daß ich zu alt für diesen Scheiß bin?!!

Aber darüber wollten wir NICHT schreiben, hast du das vergessen?

O Mann. Kein Wunder, daß ich solange mit Schreiben gewartet habe. Los, warum spuckst du's nicht einfach aus? Ich war zu deprimiert! Dad war eineinhalb Wochen hier und hat die ganze Zeit nur auf mich eingeredet, daß ich schon mal die Sachen fürs nächste Halbjahr lesen soll. Er hat mir keine Ruhe gelassen, bis er wieder nach New York gefahren ist.

Ich schwör's, meine Eltern sind die seltsamsten Eltern in der Geschichte unseres Planeten. Sie leben noch nicht mal zusammen. Na ja, wenn sie's täten, müßten sie sich eingestehen, daß sie absolut nichts gemeinsam haben. Mom verkriecht sich hier draußen in den Bergen und arbeitet an ihren Keramiken – ich sehe nichts von ihr, kein Fitzelchen, ich schwör's. Und Dad spielt den großen Firmenanwalt in New York. Und dann bin da noch ich, Klein-Stevie, groß und dünn, mit einem langen, langen Zopf, und ich verkrieche mich auch. Ich möchte Schriftstellerin werden, aber ich tue nichts dafür. Nichts, Punkt. Außer deprimiert rumhängen – ganz benebelt. Tausend Alpträume träumen, von Kit, die verschwunden ist. Das einzige, was ich sonst noch tue, ist Rik vermissen. Verdammt. Ich kapiere nicht, warum der mir nie schreibt. Kann ja verstehen, daß er aufpassen muß, aber so'n kleiner Brief könnte doch nichts schaden! Mom kriegt ja sowieso nichts mit, und wenn er tausendmal Lehrer ist. Mist. Der einzige Brief, den ich diese ganzen Ferien gekriegt habe, war von dieser Neuen, Andrea Snyder, die beim Eishockey aufgetaucht war. Dabei macht sie nur ein Zusatzjahr und hatte nie vorher Hockey gespielt. Ganz schön mutig. Aber sie wird vielleicht noch alle überraschen. Ihr Brief hat mich jedenfalls überrascht. Ich meine, daß sie mir überhaupt geschrieben hat. Aber ich glaube, sie ist cool. Ach, was soll's.

13. Januar 1980, Sonntag

Es ist so leer hier im Wohnheim heute abend! Ich bin die einzige auf meinem Stockwerk, weil die Schulmannschaften vorzeitig zum Training zurückkommen mußten. Einsam! Seit ich von der Eisbahn wiedergekommen bin, habe ich zehnmal versucht, Rik anzurufen, aber es nimmt niemand ab. Also werde ich wohl hier hocken und vor mich hin schreiben.

Wenigstens hat das Training Spaß gemacht. Ich bin bißchen früher rübergegangen, und diese Neue, Andrea, war schon da. Als einzige. Sie war in voller Montur und schnürte sich gerade die Schlittschuhe zu. Sie schien froh, mich zu sehen, und ich glaube, ich habe mich auch gefreut. Ich dachte, ich sollte mich bemühen, ein bißchen nett sein. Also habe ich mich zu ihr gesetzt und mich für ihren Brief bedankt. Dann ging das übliche Und-wie-waren-deine-Ferien-Gerede los, und ich saß da und erzählte und versuchte, alles so hinzustellen, als hätte ich eine wahnsinnstolle Zeit gehabt, und plötzlich passierte was ganz Merkwürdiges. Ich weiß nicht genau, wie ich es beschreiben soll – es war einfach so, als ob ich plötzlich aufgewacht wäre und gemerkt hätte, daß ich praktisch auf ihr drauf saß. Na ja, vielleicht nicht wirklich, jedenfalls kam es mir so vor! Ich hing so dicht an ihr dran, daß ich die kleinen Härchen auf ihrer Oberlippe erkennen konnte. Jedes einzelne. Schlotter!! Höchste

Zeit, aufzuspringen und meinen Krempel aus dem Fach auf der anderen Seite des Raums zu holen.

Andrea schien von alldem gar nichts zu merken; sie fing an zu erzählen, wie sie bei diesem Feministinnenkongreß am Smith College war, den ihre Mutter mitorganisiert hatte. Ich glaube, ihre Mutter unterrichtet dort. Also, ich kann mir überhaupt nicht vorstellen, wie das ist, bei so einem feministischen Workshop, aber ihr hat's gefallen, soviel steht fest. Sie hat geredet und geredet, und dann hat sie plötzlich ihren Helm aufgesetzt, ist aufgestanden und hat gesagt: Bis gleich dann, auf dem Eis.

Hmmmm... das Komische war, daß ich das schade und erleichternd zugleich fand, allein in der Kabine zurückzubleiben, um mir meine restliche Kluft anzuziehen. Aber sie ist ja auch irgendwie seltsam. Da ist es vermutlich nur logisch, daß mir so komisch zumute war.

14. Januar 1980, Montag

Heute morgen Rik erreicht. Endlich. Aber ich mußte gleich rüber zum Training und konnte deshalb nicht lange mit ihm reden. Hat gesagt, er habe heute nachmittag zu tun und heute abend eine Fakultätssitzung, aber ich könne ja morgen zu ihm rüberkommen. Wir haben zweimal am Tag Training, aber dazwischen vier Stunden frei. Als ich ihm das sagte, hat er gelacht und gemeint, da bliebe uns ja massig Zeit. Es tat gut, ihn lachen zu hören. Als ich seine Stimme hörte, ging mir erst richtig auf, wie sehr ich ihn vermißt habe. Ich hatte gehofft, ihn beim Essen zu sehen, aber er meinte, er würde es wohl nicht schaffen, vor der Konferenz auf dem Campus zu sein.

Also habe ich ihn immer noch nicht gesehen, und dabei bin ich schon einen ganzen Tag wieder zurück. Manchmal ist das Ganze echt frustrierend.

Ha! Aber wenigstens kann ich das jetzt hier reinschreiben. So werde ich endlich ein Tagebuch vollkriegen – mit Gejammer!

Das Essen war trotzdem lustig. Ein paar von uns aus dem Eishockeyteam haben zusammengesessen und Witze erzählt. Und die Witzigste von allen war Andrea: Sie hat ganze Geschichten erzählt, die irre komisch waren, und alle hingen an ihren Lippen und kreischten. Ich habe schon lange nicht mehr so gelacht.

Heute abend herrschte an unserem Tisch einfach ein toller Teamgeist. Ich weiß, das liegt vor allem daran, daß wir uns diese paar Tage ganz auf das Eishockey und aufeinander konzentrieren können. Aber trotzdem: Wenn ich dieser Kapitäns-Chose einigermaßen gewachsen wäre, würde ich wissen, wie diese Stimmung aufrechtzuerhalten. Ich sollte Lisa anrufen. Sie war als Kapitän zehnmal besser als ich und kann mir vielleicht ein paar Tips geben.

Zu Granite werde ich jedenfalls nicht gehen, und wenn sie tausendmal unsere Trainerin ist. Die meisten Mädchen mögen sie nicht – verständlicherweise –, weil sie immer so knallhart ist. Aber ich glaube, unter der rauhen Schale hat sie ein gutes Herz. Sie mag schroff sein, aber sie gibt alles. Wenn ich bedenke, wieviel Zeit und Aufmerksamkeit sie damals für mich hatte, als ich mit dem Schlittschuhlaufen anfing.

Alles aus mir rausholen. Alles. Vielleicht ist es das, was ich lernen muß. Na ja, immerhin, ich hole schon mal was aus mir raus, hier auf diesem Papier. Und das ist nur für mich da. Inklusive Gejammer.

15. Januar 1980, Dienstag

Du hast dich gefreut, ihn zu sehen, oder? Aber klar doch. Tu ich doch immer.

Hmmmmmmmmmmmm na ja

soll ich das andere jetzt auch schreiben? Das ist das Blöde, ich will es eigentlich gar nicht aussprechen, dieses andere, ich weiß nicht. Vielleicht liegt es ja daran, daß ich bald meine Tage kriege und ich dann leicht ein bißchen komisch bin. Aber ich bin auch manchmal einfach komisch. Schwer zu beschreiben, aber ich weiß genau, was ich meine. Es ist, als ob ich in einer Nebelwolke stekke. Das trifft es noch nicht ganz, aber immerhin fast.

Ich hoffe, er merkt nichts. Vielleicht muß ich ja nicht nur beim Eishockey lernen, mehr aus mir rauszuholen.

16. Januar 1980, Mittwoch

Manchmal hasse ich diesen Ort. Zum Beispiel jetzt, wenn ich dieses ganze laute falsch-fröhliche Hallo auf dem Korridor höre. Die Leute reisen immer noch an, und wenn man diese Mädchen hört, könnte man meinen, sie hätten sich alle schon als Wickelkinder gekannt und träfen sich jetzt endlich wieder, nachdem furchtbare Umstände sie für ein ganzes Jahr oder gar Jahrzehnt auseinandergerissen hätten. Es kotzt mich an. Ich kann einfach nicht glauben, daß sie wirklich so aneinander hängen; normalerweise merkt man jedenfalls nichts davon. Diese reichen Tussen.

Ich weiß noch, wie schwer es am Anfang für mich war, hier unter all den Geld-Kids. Als vierzehnjähriges Land-

Ei. Und ich hatte auch wirklich ganz schön zu knacken. Zum Beispiel damals, als mir irgendwer erzählte, die eine aus der Neunten habe gemotzt: »Was glaubt diese Hinterwäldlerin eigentlich, wer sie ist?«

Gott, wie einsam ich mich damals fühlte.

Klar, später kamen dann Granite und das Eishockey, und ich dachte eine Zeitlang, das sei meine Rettung. Aber was mir dann schließlich wirklich das Leben gerettet hat, war mein Entschluß, beim *Wisch* mitzumachen. Da bin ich dann nämlich Rik begegnet. Es hat mir nicht mal sonderlich viel ausgemacht, daß der *Wisch* einging, als ich in der Zehnten war. Ich hatte ja immer noch Rik, und das war schließlich das Wichtigste.

Ist es immer noch. Aber weil ich inzwischen im letzten Schuljahr bin, versuche ich, nicht mehr wie die wandelnde Bedürftigkeit hinter ihm herzurennen. Ich weiß, er hat ein stressiges Leben, als Lehrer und Trennungsvater und alles, und dann sind da noch die ganzen Artikel und Geschichten, die er gerne schreibt.

Ich frage mich, ob ich mich je trauen werde, richtig über ihn zu schreiben. Vielleicht, wenn ich weg von hier bin. Obwohl er sicher nicht will, daß je irgendwas davon irgendwo zu Papier gebracht wird.

17. Januar 1980, Donnerstag

Englisch scheint in diesem Halbjahr gut zu werden. Merkwürdig, am Anfang dachte ich, diese neue Lehrerin, Miss Mic, sei ein komischer Vogel. Ich war richtig sauer, als ich erfuhr, daß man mich in ihren Kurs gesteckt hatte. Ich dachte, Phillips wäre besser gewesen, der ist ja schließlich ein alter Hase. Aber es hat eindeutig was für sich, daß Mic noch neu in diesem Job ist. Beispielsweise nimmt sie nicht zum zehnten Mal Brontës Sturmhöhe durch. Sie läßt immer durchblicken, daß sie selbst auch dazulernt mit uns. Das gefällt mir.

Aber sie ist dennoch nicht unbedarft – je länger ich sie habe, desto klarer wird mir, daß sie ihren Stoff wirklich ernst nimmt und ziemlich viel Ahnung hat. Sie entschuldigt sich nie dafür. Zum Beispiel steht sie auf Whitman, und das merkt man, schon an dem bißchen, was sie bis jetzt über ihn gesagt hat, und an dem leuchtenden Blick, den sie kriegt, wenn sie seinen Namen erwähnt.

Doch – langsam glaube ich wirklich, Mic ist ganz okay. Gegen Ende des letzten Halbjahrs kam in ihrem Kurs echt so was wie Begeisterung auf, und das war super – weil es gezeigt hat, daß uns das, was wir lasen und worüber wir redeten und schrieben, wirklich was zu geben hatte. Ich glaube, uns ging es fast allen so, aber irgendwie fanden es alle peinlich, offen drüber zu reden.

Was an diesem Kurs auch noch toll ist, ist die Tatsache, daß jetzt Andrea Snyder dabei ist. Man hat sie umgesetzt, damit sie in diesem Halbjahr einen Keramik-Intensivkurs machen kann. Ich wünschte, sie wäre von Anfang an dabeigewesen; heute hat sie einen Witz gemacht, bei dem alle mitten im Unterricht losprusten mußten. Irgendwas mit Shakespeare und Klinkenputzen, von wegen Stratford-on-Avon. Die ist echt nicht auf den Mund gefallen.

Ich bin wohl nicht die einzige, die sich drüber freut, daß sie jetzt bei uns ist. Ich glaube, John Quinn ist ebenso entzückt. Er saß zwar ein ganzes Stück rechts von mir, aber ich habe trotzdem mitgekriegt, wie er dauernd heimlich zu ihr rübergelinst hat. Na ja, ich weiß nicht – ich kann mir irgendwie nicht vorstellen, daß Andrea was von einem Typen wie John will. Er ist viel zu angepaßt, einer von diesen Schicki-Micki-Typen, viel zu geschniegelt für jemanden wie Andrea. Wenn ich's recht bedenke, fällt es mir überhaupt schwer, sie mit irgendeinem Typen zusammen zu sehen. Komisch, was?

Aber wer weiß, vielleicht würde sie ja von mir dasselbe sagen. Heiliger Strohsack, schließlich ist an dieser Schule allgemein bekannt, daß ich hier noch nie was mit einem Jungen hatte! Ha! Die haben ja keine Ahnung! Hoffe ich jedenfalls. Und so soll es auch bleiben. Ich muß zugeben, ich werde langsam paranoid. Ich würde ja mehr drüber schreiben, wenn ich nur nicht so verflixt nervös wäre. Es ist, als ob ich diesen Teil meines Lebens überhaupt nirgends erwähnen kann. Solche Geheimnisse sind echt zum Kotzen. Die ganze Affäre ist so heikel, daß ich mich nicht mal traue, sie vor mir selbst auszusprechen.

18. Januar, Freitag

Mannomann! Heute ist Granite ausgerastet! Sie hat Duncan vier Selbstmordsprints aufgebrummt. SCHEISSE! Das ist echt brutal.

Aber wenn ich Duncan aufgefordert hätte, sie solle nicht die ganze Zeit rumbrummeln und nach jedem versiebten Paß mit dem Schläger aufs Eis hacken, wäre es nie soweit gekommen. Ich weiß, was Granite auf die Palme bringt, und es ist mein Job als Kapitän, vorher einzugreifen. Ich wußte, daß Duncan mies drauf war, und ich sah, daß Granite jeden Moment hochgehen würde.

Natürlich war mir klar, wieso Duncan so mies gelaunt

war – heute hatte Granite sie aus der ersten Sturmreihe in die zweite gesteckt und an ihrer Stelle Andrea links neben mir postiert. Blöd für Duncan, aber sie braucht doch nicht gleich so kindisch zu reagieren! Und außerdem – wenn sie sich mehr anstrengen würde, so wie Andrea, würde sie auch nicht nach hinten gestellt.

Trotzdem brauchte Granite nicht gleich so hart zu ihr zu sein und sie die ganze Zeit anzubrüllen, sie solle gefälligst schneller laufen, und sie immer weiter zu hetzen, obwohl schon am Ende des dritten Sprints klar war, daß Dunc nicht mehr konnte. Aber verdammt, Granite ist unser Coach, und ich werde ihr nicht vorschreiben, wie sie ihren Job zu machen hat.

Aber genau das verlangt Andrea! Ist sie verrückt oder was? Irgendwann während Duncs drittem Sprint kam sie zu mir, stupste mich an der Schulter und sagte: »Kannst du Granite nicht sagen, du findest, es reicht?«

Ich wußte nicht, was ich antworten sollte. Schließlich sagte ich achselzuckend, ich dächte nicht, daß das was bringen würde, außer daß ich als nächste dort draußen rumflitzen müßte. Woraufhin Andrea meinte, wenn das so wäre, sollten wir vielleicht alle dort draußen rumflitzen. Ich muß wohl komisch geguckt haben, weil sie nur mit den Schultern zuckte und sich abwandte. Aber was hätte ich denn sagen sollen? Meint sie das wirklich ernst? Absolut keine Chance.

19. Januar 1980, Samstag

Na, wenigstens trifft es sich samstags gut mit unseren Stundenplänen: Ich habe die ersten drei Stunden und er die ersten beiden. Und heute war erst am späten Nachmittag Training, weil die Jungen ein Spiel hatten, also habe ich ihn gleich nach der dritten Stunde hinter dem Wohnheim getroffen, und ab ging's. Das war die längste Portion Zeit an einem Stück, die wir zusammen hatten, seit ich wieder hier bin. Er hat keine Minute vergeudet und ist gleich zur Sache gekommen, und danach stand ich in dieser hohen Küche, an die Anrichte gelehnt, während er Käsetoasts und Tomatensuppe machte. Ich habe ihm ein bißchen erzählt, was gestern im Training gelaufen ist, mit Duncan und Granite, und was Andrea von mir gewollt hatte.

Ich hatte echt das Bedürfnis, mal mit jemandem über diesen ganzen Schlamassel zu reden, und ich glaube, er hat mir auch ein paar gute Tips gegeben. Zwar ist er nicht gerade höflich in der Wahl seiner Worte, aber was er sagt, stimmt wohl. Granite konnte er noch nie leiden, soviel ist sicher; er sagt immer, sie leide an einem dauerhaften prämenstruellen Spannungszustand. Ganz so würde ich es nicht ausdrücken, aber wenn er meint.

Jedenfalls hat er mir erklärt, die offene Konfrontation sei in der Regel im Umgang mit unberechenbaren Leuten wie Granite nicht ratsam. Und schon gar nicht, wenn die eine Machtposition innehätten wie etwa Vorgesetzte oder auch Trainer, da habe man die ganze Hierarchie gegen sich, da gehe es um etwas, was man »Machtpolitik« nenne. Das heißt, Granite sitzt einfach am längeren Hebel. Ich soll also denken, was immer ich wolle, aber schön in Deckung bleiben, damit mir keiner was kann.

Die Klappe halten, mich bloß nicht in eine direkte Auseinandersetzung begeben.

Je mehr ich darüber nachdenke, desto klarer wird mir, daß das die Strategie ist, mit der er all die Jahre an dieser Schule überlebt hat. Ich meine, er glaubt schließlich nicht an diesen ganzen Stuß, so wie manche seiner Kolleginnen und Kollegen. Mir scheint, er kommt auf diese Weise sogar ganz gut durch. Und so ziehen wir beide ja auch unser Ding durch – indem wir alles schön für uns behalten. Das ist der Trick. Bloß keine Bemerkungen machen, um Dampf abzulassen, so wie Andrea es anscheinend tut, wenn ihr etwas nicht paßt.

Über sie sagt Rik, sie käme ihm vor wie eine dieser Rebellinnen, die immer auf der Suche nach einer Sache sind, für die sie kämpfen können, und die sich notfalls sogar selbst eine zurechtzimmern. Sie sei ein kleiner James Dean, nur noch großmäuliger. Ich sagte, aber sie ist doch ein Mädchen, wie denn das? Aber er hat nur gelacht.

Vielleicht kann ja auch ein Mädchen ein James Dean-Typ sein, wer weiß? Ich war ja selbst auch immer ein halber Junge. Aber ich glaube, Rik hat damit noch mehr gemeint. Mir kommt es manchmal vor, als ob Andrea Snyder hier irgendwann irgendwas vom Zaun brechen wollte. Ich höre es oft aus ihren bissigen Bemerkungen heraus – aus der Art und Weise, wie sie immer gerade noch diesseits der Grenze landen. Okay, sie bleibt weit genug im Rahmen, so daß alle lachen. Aber ich weiß nicht. Ich meine, sie ist unglaublich witzig, aber man fragt sich doch, was sie eines Tages zu tun imstande ist. Und sie wird bestimmt nicht in Deckung gehen.

Aber ohne mich, ohne mich. Es lohnt sich nicht. Ganz und gar nicht. Rik hat recht.

20. Januar 1980, Sonntag

Super Bowl-Tag. Ich hatte solche Lust, mit meinem Freund vor dem Fernseher zu hocken und wieder Käsetoast zu essen – oh, Käsetoast, Käsetoast, das ist mehr als nur ein Snack, es ist ein Geisteszustand, eine Metapher, klar? Ich weiß nicht, wie ich es sonst sagen soll! »Er hat mich verkäsetoastet?« Ha, kicher.

Aber nein, er mußte heute an einem Artikel arbeiten. Scheint, als müsse er immer an irgendwas arbeiten, wenn ich anrufe. Klar, ich weiß, daß diese Sachen ihm eine Menge bedeuten. Also habe ich mir das Spiel oben im Gemeinschaftsraum angeguckt. Einige aus dem Team waren auch da, Diamond, Duncan, Jessie, Pat und Andrea Snyder. Jessie hatte vorausschauenderweise eine Runde Pizza geordert, was toll war, aber irgendwie fühlte ich mich daneben. Alle anderen schienen sich prima zu amüsieren, lungerten auf dem Teppich rum, so richtig kuschlig, wie bei einer Schlummerparty. Meine Stimmung wurde davon nur noch trüber. Man sollte doch meinen, als Team-Kapitän dürfte ich keine Schwierigkeiten haben, mich bei so was einzuklinken, aber ich bin ein komischer Kauz. Am Ende hat es mich nicht mal mehr gekümmert, daß die Rams total eingemacht wurden. Es war mir wurscht.

Duncan und Snyder hockten, nebenbei gesagt, als besonders vergnügtes Klümpchen am anderen Ende des Sofas. Ich frage mich, wie diese Snyder es schafft, daß Duncan sich ihr gegenüber so anhänglich gibt. Man sollte doch meinen, Duncan wäre sauer auf Andrea, weil sie jetzt in der ersten Reihe spielt. Aber keine Spur. Im Gegenteil, sie schienen sich geradezu prächtig zu verstehen, hockten die ganze Zeit aufeinander und lachten.

Liddy war nirgends zu sehen, aber ich wette, sie wird nicht gerade entzückt sein, wenn sie sieht, wie Andrea sich an ihre beste Freundin ranschmeißt.

Na ja – vielleicht steht Duncan ja auf solche James Dean-Typen. Wer weiß? Wen juckt's? Warum verschwende ich überhaupt meine Zeit damit, darüber zu schreiben?

26. Januar 1980, Samstag

Die letzten paar Tage waren wirklich zum Davonlaufen! Und das Spiel heute auch. Ich bin ein so lausiger Kapitän. Wir kriegten kein Bein auf den Boden, dort draußen auf dem Eis, und ich hatte nicht den leisesten Schimmer, was ich dagegen tun sollte. Dudley hat uns einfach überrannt. Die Mädchen standen völlig verkehrt, schlugen idiotische Pässe, wagten kaum je einen Schuß aufs Tor. Ich eingeschlossen. Irgendwie haben wir als Mannschaft nicht zusammengefunden. So ein Debakel! Wir müssen ausgesehen haben wie ein aufgescheuchter Wurf Bernhardinerwelpen, die mit gesenkten Nasen auf dem Eis rumschnüffeln und sich fragen, wo in aller Welt der Puck abgeblieben ist. Jämmerlich.

Granite hat so richtig schön gekocht, hat uns in der Kabine eine Gardinenpredigt gehalten, die sich gewaschen hatte. Sie hätte uns alle rausgejagt und zehn Selbstmordsprints hinlegen lassen, wenn wir nicht mitten im Spiel gewesen wären. Hinterher war sie auch nicht gerade nett; sie fauchte, wir seien eine Schande für die Schule, und stapfte türknallend raus. Ein paar von uns haben nur die Köpfe geschüttelt, und einige konnten gar nicht mehr hochgucken. Duncan zischte ihr hinterher: »Aas!«

Ich hatte keine Ahnung, was ich sagen sollte, also sagte ich gar nichts. Ich bin ein miserabler Kapitän. Heute bleibt mir wohl nur noch, ins Bett zu gehen. Es ist zu spät, um über so deprimierende Dinge zu schreiben.

27. Januar 1980, Sonntag

Heute nachmittag, als ich auf meinem Bett saß, Cola trank und ein Plunderstück aß, das ich aus dem Speisesaal stibitzt hatte, klopfte es plötzlich energisch an meine Tür. Nanu, nanu! Herein kamen Duncan und Liddy. Auch noch diese Scheiße! Kamen einfach hereinmarschiert und pflanzten sich mitten in meinem Zimmer auf den schmuddligen Teppich. Erklärten, sie müßten mit mir reden. Ich setzte mich hin, spürte, wie mir die Röte ins Gesicht stieg, und hätte mich am liebsten unterm Bett verkrochen. Aber es gab kein Entkommen. Sie fingen an – immer abwechselnd – in diesem beharrlichen Ton, wollten wissen, was ich wegen der »Krise« zu tun gedächte.

Ich Schwachkopf fragte: »Welche Krise?« Ich sah, wie sie langsam ungeduldig wurden, jede auf ihre Art, die dünne Liddy im Schneidersitz, um den Mund diesen verkniffenen Zug, hinter den zusammengepreßten Lippen tausend schwärende Worte, von denen ich wußte, daß ich sie auf keinen Fall hören wollte, die stämmigere Duncan ein Stück weiter hinten, gegen die Kommode gelehnt, mit diesem kaum merklichen Kopfschütteln.

Liddy legte ihre Hand auf Duncans Hand und übernahm die Rolle der Sprecherin. Darin ist Liddy groß. Sie verkündete, als Reaktion auf Granites »pöbelhaftes Verhalten« von neulich erwögen einige Spielerinnen ernsthaft, aus dem Team auszuscheiden. Dazu gehörten Diamond und Patty und Karla und – natürlich – Andrea Snyder.

Liddy redete immer weiter, wie schrecklich Granite doch sei, und ich gab die ganze Zeit keinen Mucks von mir, noch nicht mal ein zustimmendes Nicken, gar nichts. Ich rutschte auf meinem Hintern zentimeterweise in Richtung Bett. Plötzlich platzte Duncan heraus: »Ach, komm, Stevie! Findest du nicht, daß Granite ein Arsch ist, so wie sie mich behandelt hat?!«

Ich kletterte aufs Bett, sagte irgendwas in der Art, wenn sie, Duncan, besser darauf geachtet hätte, was Granite nun mal zur Weißglut bringe, dann hätte sie den ganzen Schlamassel vermeiden können. Ich meinte es vernünftig und ausgleichend. Aber Duncan wurde stinksauer. Sie fragte mit schriller, bebender Stimme, ob es mir gefalle, wie Granite uns anbrülle, ob ich wirklich meinte, sie hätte das Recht, uns so zu behandeln.

Mein Gott, ich hasse es, wenn jemand so aus der Fassung gerät. Ich stotterte sinngemäß, daß es für Granite doch sicher auch schwer sei und sie nun mal unter diesem Riesendruck stehe, eine erfolgreiche Mannschaft aus uns zu machen. Duncan schüttelte die ganze Zeit nur den Kopf, als hielte sie mich für den größten Einfaltspinsel auf Gottes Erden, und für einen kurzen, harten Moment haßte ich sie. Dann streckte Liddy die Hand aus und massierte Duncans Kopf und sagte, sie solle es gut sein lassen.

Duncan war immer noch auf hundertachtzig, das sah ich, aber sie hielt an sich, und Liddy übernahm wieder die Regie und versuchte, die Wogen zu glätten. Sie ist wirklich geschickt. Ich merkte, wie sie sich bemühte, mich auf ihre Seite zu ziehen, statt mich zu verprellen.

Duncan hingegen sah mich kaum an. Liddy redete viel, aber unterm Strich lief es darauf hinaus, daß sie meinten, ich als Kapitän solle zu Granite gehen und mit ihr reden, ihr erklären, daß einige Spielerinnen sich ungerecht von ihr behandelt fühlten.

Ich konnte nicht nein sagen. Auf keinen Fall. Duncan und Liddy hatten mich in der Mangel. Und ich bin nun mal Kapitän, und zwischen Team und Trainerin zu vermitteln, gehört zu meinen Aufgaben. Was sollte ich sagen? Mir blieb keine große Wahl. Liddy hatte sich klar ausgedrückt: Diese Spielerinnen werden gehen, wenn sich nicht etwas tut. Ob ich nun ihrer Meinung bin oder nicht, die Drohung steht im Raum: Wir riskieren, ein Viertel des Teams zu verlieren. Herrgott, ich verstehe nicht, wieso sie diesen ganzen Kram so aufbauschen müssen.

Wie soll ich Granite diesen Scheiß beibringen?

Was ist schlimmer, die Konfrontation mit Granite oder mit den anderen Mädchen?

Verdammt, wie ich das hasse. Ich will nicht mehr darüber nachdenken.

29. Januar 1980, Dienstag

Rik war heute Mr. Retter-in-der-Not. Ich habe ihn angerufen, weil mir diese ganze Hockey-Chose so zugesetzt hat, und er kam direkt zur Schule gefahren und hat mich aufgelesen. Er meinte, er wisse, was ich bräuchte, und hat es mir auch prompt zukommen lassen.

Vielleicht hatte er ja recht. Er ist immerhin gekommen und hat mich abgeholt, oder nicht? Ach, ich weiß nicht!

Ich bin so ein Wirrkopf. Sagen wir einfach, es war okay, okay?

Aber hinterher wollte ich immer noch reden, und er hat mich auch gelassen. Was er dazu zu sagen hatte, war im großen und ganzen dasselbe wie neulich, die Sache mit der »Machtpolitik«. Er meinte, Granite direkt anzugehen, sei das letzte, was ich tun sollte. Er sagte, ich solle unter vier Augen mit ihr reden, ihr erst mal ein bißchen um den Bart gehen und dann durchblicken lassen, daß ein paar Mädchen aus dem Team sich zur Zeit sehr schwer täten, daß ich mir nicht sicher sei, ob sie bei dem Tempo, das wir im Moment vorlegten, die ganze Spielzeit durchhalten würden, und ob sie nicht, bitte, bitte, ein bißchen zurückstecken könne.

Und sie dabei immer weiter bauchkitzeln, hat er gesagt. Sie bei ihrer Eitelkeit packen. Immer getreu dem alten Spruch (dabei lachte er): ›Man kann Leuten so sehr schmeicheln, daß sie einem nicht glauben, aber man kann ihnen nicht so sehr schmeicheln, daß sie sich nicht doch drüber freuen.‹ Der Käsetoastmann sagt, das wichtigste sei, sich gut mit ihr zu stellen.

Na ja, ich weiß nicht, ob es irgendwer schaffen kann, sich mit Ellen Grant gutzustellen, aber ich werde es trotzdem probieren. Morgen. Viel Glück, Stevie!

30. Januar 1980, Mittwoch

Verdammt! Diese Frau heißt hier nicht umsonst Granite, soviel steht fest! Sie ist wirklich ein harter Brocken. Ich kam mir so klein vor, dort drinnen bei ihr, als sei ich gar nicht da. Soviel zum Bauchkitzel-Plan. Immerhin habe ich es fertiggebracht, so ungefähr zu sagen, ich hätte die Befürchtung, daß nicht alle im Team durchhalten würden, und ob wir es für die nicht ein bißchen lockerer angehen sollten. Und ich habe sogar noch gesülzt, daß mir das angebracht scheine, obwohl ich voll hinter dem stünde, was sie mir beigebracht habe, von wegen Sportsgeist und alles geben. Und so weiter. Keine Reaktion in den schmalen Augen, und ich verlor den Faden und kam mir idiotisch vor.

Sie nahm einen Stapel Blätter und stauchte ihn barsch auf der Schreibtischplatte zurecht. »Ist das alles?« fragte sie. Ich rutschte auf meinem Stuhl hin und her und sagte, ja, ich dächte schon. »Gut.« Es war fast ein Blaffen. »Danke, daß Sie mich auf dem laufenden halten. Ich sehe Sie dann draußen auf dem Eis.« Sie beugte sich über die Blätter, und das war's, vier Sekunden später stand ich wieder draußen auf dem Flur, ohne recht zu wissen, was überhaupt passiert war.

Herrgott, warum kann ich noch nicht mal richtig den Mund aufmachen?! Wenn Liddy und Duncan das erfahren! Oder Andrea! Die – wer hätte das gedacht? – in der Mittagspause sofort zu mir kam, um mich zu fragen, wie es gelaufen sei. Ich sagte, ich wisse es nicht so genau, was eigentlich nicht mal gelogen war, aber als sie dann sagte, ich hätte bestimmt mein Bestes getan, fühlte ich mich wie die mieseste Lügnerin der Welt.

Am Ende löste sich alles aber doch einigermaßen – was bestimmt nicht mein Verdienst war. Nach dem Training – das ein bißchen gespannt, aber sonst nicht übel verlief – verkündete Granite, daß wir nach dem Duschen noch zu einer kurzen Besprechung in der Kabine bleiben sollten. Hilfe! Ich war mir ganz sicher, daß sie jetzt den großen Knüppel auf uns niedergehen lassen würde. Aber dazu kam es nicht. Nicht wirklich. Als sie reinkam, war sie genauso steinern wie heute morgen, also mitnichten die Nettigkeit in Person. Sie baute sich vor uns auf und erklärte, sie wolle uns alle noch einmal darauf hinweisen, daß die Zugehörigkeit zum Eishockey-Team von Bristol bedeute, bei jedem Training mit der Bereitschaft zu vollem Einsatz auf dem Eis zu erscheinen. Sie sagte, sie verstünde, daß wir durch die schulischen Anforderungen belastet seien, aber sobald wir auf dem Eis stünden, seien wir dazu da, mit ganzer Kraft zu laufen und zu spielen. Punkt. Und das war's. Sie wartete nicht mal ab, ob sich jemand zu Wort melden wollte. Schwupp, weg war sie!

Na also – jedenfalls hätte es schlimmer kommen können. Natürlich dachten nicht alle so. Aber Andrea hat gegrinst! Sie sagte: »Mann, diese Frau könnte wirklich mal ein paar Therapiestunden vertragen!« ?! Zuerst spielt sie sich auf, und dann wischt sie alles mit einem Scherz beiseite? Ich werde aus dieser Frau nicht schlau.

31. Januar 1980, Donnerstag

Gott, ich wünschte, ich wäre so ähnlich wie Andrea. Sie flitzt die Bahn rauf und runter, legt sich voll ins Zeug. Aber nicht nur auf dem Eis. Bei allem, was sie tut. Ich glaube nicht, daß sie sich erst vornehmen muß, alles zu geben, sie ist immer voll dabei, bei allem, was sie tut. Na ja, das heißt, wenn sie nicht gerade gereizt ist; das kommt schon auch vor. Aber irgendwie scheint das auch logisch; zuerst muß sie sich sicher sein, was sie will, und wenn sie's ist, dann WUTSCH! zischt sie los.

Ich finde sie cool. Obwohl sie nach dieser Sache mit

Duncan und Granite erst mal einen Tag lang komisch zu mir war. Aber jetzt ist sie wieder ganz nett. Das gefällt mir, ich geb's ja zu. Ich sollte es wirklich hinkriegen, diesen Stadtbummel mit ihr zu machen. Vorausgesetzt, sie will noch. Das Blöde ist nur, daß ich an den Nachmittagen, die sie vorgeschlagen hat, schon mit Rik verabredet war. Das habe ich ihr natürlich nicht gesagt. Ich habe mich in blöde Ausreden geflüchtet und dabei ein schlechtes Gewissen gehabt. Manchmal habe ich das Gefühl, mein ganzes Leben ist eine einzige miese verdammte Lüge.

1. Februar 1980, Freitag

Heute hat mir Mic meinen Aufsatz zurückgegeben. War nicht so toll, nur eine Zwei. MIST. Sie hat druntergeschrieben, ich müsse meine Argumentation klarer zuspitzen, sie zu einem Ergebnis bringen. Ich glaube, ich weiß schon, was sie meint, aber ich weiß nicht, ob ich das kann. Seit diesen letzten Ferien kann ich offenbar nicht mehr klar lesen und schreiben und bringe keine einzige magere Gedichtzeile zustande. Klar, Ferien haben mich auch vorher manchmal deprimiert, aber diesmal bin ich immer noch nicht wieder normal. Es dauert ja meistens ein Weilchen, aber das hier geht zu weit! Ich bin so daneben!

Es passiert auch, wenn ich mit Rik zusammen bin, ich merke es genau. Wie soll ich das ausdrücken? Daß ich zwar da bin, und es aber trotzdem so ist, als ob ich nicht wirklich da wäre. Verrückt, nicht? Aber ich kann es nicht anders beschreiben. Es ist dieser Nebel; das ist alles, was ich dazu sagen kann. Und ich bemühe mich so sehr, mir nichts anmerken zu lassen. Ich will ihn nicht verletzen, möchte nicht, daß er es falsch versteht. Zum Glück kann ich das alles gut verbergen.

Gott, manchmal scheint mir, daß ich mein ganzes Leben damit zubringe, alles zu verbergen. Na ja, wenigstens brauche ich es hier drin nicht zu tun.

2. Februar 1980, Samstag

Was ist passiert??????!!!!! Du willst wissen, was passiert ist? Ich werd dir sagen, was verdammt noch mal passiert ist! Die ganze Mannschaft hat heute total beschissen gespielt. Wir haben das Spiel verloren, und die Ex-Lieblingsspielerin der Trainerin hat den Verstand verloren und gespielt wie ein Hornochse.

Was brauchst du noch zu wissen?

Herrgott, mir ist wirklich nicht danach, Selbstgespräche zu führen. Aber trotzdem: spuck's aus, kotz es raus, hier auf diese Seiten, dann bist du es vielleicht los.

OH AUAUAUAUAUUUUUU

Also gut, okay,

wir schrappen auf dem Eis rum, völlig orientierungslos, und die Rider Academy treibt den Puck immer schön um uns rum und schießt ein Tor nach dem anderen. Granite brüllt, so wie mein Vater, wenn man damit rechnen muß, daß er völlig ausrastet und anfängt, auf einen einzudreschen. Ich war schon ein paar Ewigkeiten auf dem Eis und total erschossen; mir war gerade ein Paß durch die Lappen gegangen, ich jagte hinter dem Puck her, löffelte ihn von der Bande weg, wirbelte herum und wollte gerade diese Strecke freies Eis entlangflitzen, die sich wundersamerweise vor mir auftat, da sehe ich plötzlich Diamond und Liddy vor mir, wild fuchtelnd, und ich denke, wie seltsam, daß unsere Abwehr so weit vorne spielt, und plötzlich rattert und knackst es in meinem Hirn und ich merke, daß ich in die falsche Richtung laufe und gerade im Begriff bin, auf unser eigenes Tor zu schießen!

Scheiße! Ich lege eine Drehung hin, der Puck schliddert mir weg, und ich glotze ihm dumm hinterher, bis dann zwei Sekunden später eine Schiedsrichterin Abseits pfeift. Und immer noch dreht sich alles, ich bin völlig beduselt – so wie das eine Mal, als ich total bekifft war und überhaupt nichts mehr klargekriegt habe. Ich gucke schließlich hoch und sehe das große Nordfenster, und die Bahn hält wieder an und rastet ein. Welche Erleichterung! Aber ich höre Granite rüberbrüllen, ich soll verdammt noch mal machen, daß ich vom Eis komme.

Ich tapere an die Bande, versuche, drüber zu springen, aber Granite wedelt mit dem Arm, winkt mich zu sich. Ihr Gesicht ist so rot wie ein Hummer im Topf. Ich zockle zur Tür, und sie legt los, fällt über mich her, schreit, wie ich nur so blöd sein kann, so dämlich, so hirnverbrannt. Ich nicke stumm, und dann –

ich muß auch das schreiben

– dann packt sie mich an den Schultern und schüttelt mich. Derb. Wie einen Sack Kartoffeln, und kleine Fetzchen von ihrer Spucke fliegen mir ins Gesicht. Und die Worte, die mit diesen Spuckefetzchen herauskommen, was zum Teufel ich mir gedacht habe?! Ob ich verlernt habe, wie man Schlittschuh läuft?!

Es war so verrückt. Ich war wie vom Donner gerührt. Ich bin nicht sicher, ob ich irgendwas herausgebracht hätte, selbst wenn es um mein Leben gegangen wäre. Ich stand einfach nur da und sah auf die Krähenfüße um ihre Augen – die ich vorher noch nie bemerkt hatte, all diese winzig kleinen Fältchen, und währenddessen klatschte mir eine Ladung Spucke nach der anderen ins Gesicht. Es war so seltsam – ich muß es noch genauer beschreiben. Es war bizarr: Einerseits war ich da und wurde durchgeschüttelt wie eine Lumpenpuppe, andererseits war ich nicht da, weil sich nämlich ganz hinten in meinem Kopf irgendein Teil von mir ausgeklinkt hatte, irgendein Kontakt unterbrochen war, so, wie wenn man ein Telefonkabel aus der Wand reißt. Es war, als ob ich davongedriftet wäre und jetzt aus dreitausend Meilen Entfernung beobachtete, wie ihr Mund sich verzerrte und verrenkte, auf- und zuging.

Dann warf draußen auf dem Eis die Schiedsrichterin den Puck ein, und Granite gab mich mit einem Schubs frei. Ich taumelte, so weit mich die Beine trugen, die Bank entlang, plumpste hin, ließ den Helm auf und verfolgte den Rest des Spiels von diesem Platz aus, ohne nach rechts oder links zu sehen, hing einfach nur da auf der Bank, mit diesem Dreitausend-Meilen-weit-weg-Gefühl, das wie ein Summen in meinem Körper war. Ich spürte die Blicke von allen Seiten, habe aber selber niemand angeschaut. Und in der Kabine ließen sie mich dann auch alle in Ruhe.

Gut so. Manchmal ist es weitaus angenehmer, dreitausend Meilen weit weg zu sein.

3. Februar 1980, Sonntag

Andrea war gerade hier. Ich kann nicht behaupten, daß ich besonders umgänglich war, aber trotzdem, das Maß ist voll. Ich weiß nicht, was sie von mir will, aber ich will, daß sie mich in Ruhe läßt, und sonst gar nichts.

ANDREA SNYDER LASS MICH HERRGOTT NOCH MAL IN RUHE !!!!!

Aber halt, langsam! Ich presche meinem kleinen Story-Ich davon. Sollten wir nicht mit heute morgen anfangen? Damit, wie ich den Sonntags-Brunch sausen ließ und durch eine Cola ersetzte. Und dann ein bißchen was für Geschichte las, wenn auch ziemlich husch-husch. Worum ging es doch gleich? Zwei Brüder in Rußland … na ja, wird mir schon wieder einfallen, wenn ich morgen im Unterricht sitze, immer noch früh genug. Und wie ich dann zum Hinterausgang rausging, um auf Rik zu warten, der zu spät kam, dann aber, kaum, daß wir bei ihm waren, auf Eiltempo umschaltete.

Lieber Gott. Ich weiß, ich sollte nicht davon reden. Ich weiß es ja. Aber ich glaube, wir sind irgendwie schon zu sehr mittendrin.

Ich wünschte nur, die Käsetoastkur würde wirklich helfen – wäre tatsächlich das Allheilmittel, für das Rik sie zu halten scheint, denn, wenn es so wäre, hätte ich langsam genug Anwendungen hinter mir, um wiedergeboren zu werden, ich bin zum Platzen gefüllt mit sahnigem Brei. Aber ich weiß nicht – irgendwie merke ich nichts davon! Ich könnte eine solche Auferstehung weißgott gebrauchen. Wenn mich nur mein Körper nicht im Stich lassen würde, könnte ich genug aus diesem Jungbrunnen trinken. Bei mir muß irgendwas kaputt sein, ich funktioniere nicht, überhaupt nicht, ich hänge fest, sitze fest, stecke fest, hinter dieser riesigen Wand. Nichts rührt sich, alles tot hier drinnen, es stinkt nach fauligem Fleisch, das langsam vor sich hin rottet, ich komme nicht raus. Ich wünschte, jemand würde mich nehmen und aufbrechen wie eine Erbsenschote, damit ich rauskullern könnte, in seine warmen Hände. Kann mich denn niemand aufknakken? Ich allein kann es nicht. Wenn ich es könnte, würde ich meine Innereien rausreißen und sie auf einem Stein zerschlagen und zugucken, wie sich ihr Inhalt auf den Boden ergießt, ein Schwall von Magensaft und viel, viel Blut.

Großer Gott, wir ereifern uns heute abend ganz schön, meine liebe Miss Stevie, was für ein Drama um deine kleine Person!

Es reicht. Stop.

Was ich sagen wollte, ist, daß wir hinterher dalagen, und er wollte wohl schlafen, aber ich fing irgendwie immer wieder mit der Sache an; ich mußte einfach darüber reden. Also ließ er sich schließlich drauf ein, mir zuzuhören, und als ich es alles draußen hatte, Stückchen für Stückchen, strich er mir über den Kopf und sagte: »Geh auf Tauchstation, Baby, geh auf Tauchstation und warte ab.« Während ich noch drüber nachdachte, schlief er ein.

Ich konnte aber nicht schlafen, und am Nachmittag bezog sich der Himmel; wir hatten beide noch zu tun, und er fuhr mich zurück zur Schule.

Und da ging der Spaß erst richtig los: Auf mich wartete ein kurzer, aber sorgsam formulierter Schrieb von Liddy, der besagte, sie und Duncan und Andrea wüßten zwar meine Bemühungen um eine Klärung der Probleme mit Granite zu würdigen, sähen jedoch nach deren gestrigem »Ausbruch« keinen Grund zu der Annahme, daß sich je etwas ändern würde, und träten daher aus der Mannschaft aus.

»Wir seilen uns nicht ab, sondern ziehen uns lediglich aus einer unerträglichen Situation zurück, von der wir nicht glauben, daß sie sich bessert.«

Tja, hm. Na ja. Später, kurz vor elf, stehe ich im Morgenrock vor meiner Spiegelkommode und grabble im Kulturbeutel nach der Seife, als es plötzlich an die Tür klopft. Andrea Snyder. Was mich einerseits überrascht, andrerseits aber auch nicht. Sie ist wohl einfach die Sorte Mensch, der ein Brief nicht genügt. Mir jedenfalls hat dieser Brief gereicht – mehr als gereicht! Nach diesem Schrieb wollte ich nicht mit ihr reden. Ich habe meine Meinung, und sie wird mich nicht davon abbringen.

Aber sie hat es versucht, nach allen Regeln der Kunst! Hat mich gefragt, wie es mir gehe, und ich sagte, okay. Eine kurze, spannungsgeladene Pause, dann erkundigte sie sich, ob ich den Brief gekriegt hätte, und ich sagte ja. Sie wollte wissen, was ich davon hielte. Und die ganze Zeit stand sie an meiner Türschwelle, während ich immer weiter in Richtung Fenster zurückwich.

Vielleicht war ich einfach stinkig. Erstens paßte es mir nicht, daß sie mich im Morgenrock überraschte – diesem dünnen roten Ding, das Dad mir von *Rube's* aus New York mitgebracht hat, so eine Kreuzung aus Kimono und Smoking. Ich habe immer das Gefühl, daß es über der Brust nicht richtig schließt, und es ist so glatt auf der Haut, als könnte es jeden Moment runterrutschen. Andrea steht also da und mustert mich, und ich umklammere diesen roten, seidigen Fummel. Gott im Himmel.

Andrea sagte, sie hoffe, ich hätte den Brief nicht in die falsche Kehle gekriegt. Es mache ihr sehr großen Spaß, mit mir zusammen Eishockey zu spielen, aber sie finde, Granite habe wirklich ernsthafte Probleme.

»Na und? Dich hat sie doch nicht angerührt, ich war es doch, die sie gepackt hat!« Kreisch! Herrgott, wieso konnte ich mein blödes Maul nicht halten! Aber diese Frau bringt mich total aus der Fassung, ich weiß nicht mehr, wo vorn und hinten ist, wenn ich's mit ihr zu tun habe.

Sie antwortete prompt: »Na ja, diesmal vielleicht nicht, aber ich habe keine Lust abzuwarten, ob ich als nächste dran bin!«

Okay, ich habe immer gemeint, ich wüßte, wie ich Granites Explosionen ausweichen kann, aber niemand kann da sicher sein. Das hat der Samstag gezeigt. Man kann nicht Eishockey spielen, ohne Fehler zu machen, und bei Granite muß man für seine Fehler büßen. So ist es nun mal. Aber vielleicht kann ich ja weniger Fehler machen, wenn ich mich mehr bemühe. Wenn ich nur lernen könnte, mehr aus mir rauszuholen. Das ist mein Problem.

Ich wollte ja versuchen, das Andrea zu erklären, aber ich wußte nicht, wie. Und sie redete immer weiter, drehte voll auf. Sie ist sich ihrer selbst ziemlich sicher, soviel steht fest! Für Andrea Snyder gibt es nie auch nur den leisesten Zweifel. Sie sagte: »Du weißt doch selbst, daß sie nicht die leisesten Skrupel hat, so auf uns loszugehen. Es ist ihr doch scheißegal, wie sie ihre Wut und ihren Frust rausläßt. Ich werde jedenfalls nicht abwarten, bis es mich trifft!«

Das war der Punkt, an dem ich – warum, weiß ich selbst nicht – total ausrastete und plötzlich halb heulend, halb brüllend losplatzte, sie habe gut reden, weil sie nicht seit drei Jahren in dieser Mannschaft spiele, weil sie nicht Kapitän sei, aber ich könne schließlich nicht einfach alles hinschmeißen und mich verdrücken. Und konnte ich es damit genug sein lassen? Nein, natürlich nicht! Ich mußte obendrein noch sagen, daß ohne sie alles noch viel schlimmer werden würde – wer sollte jetzt noch Witze machen, wer die Stimmung auflockern? Wer neben mir auf dem linken Flügel spielen?

Und was sagte sie auf diesen verblüffenden Ausbruch hin? »Ich sehe es nicht als Sich-Verdrücken, danke bestens!« An dem leisen Zucken ihrer Lippen merkte ich, daß sie in der Defensive war. Aber gleichzeitig verzog sie die Augenbrauen zu diesem Gesichtsausdruck, der laut herausschreit: »ARME STEVIE!! DU TUST MIR LEID!« Sie sah aus, als sagte sie sich, daß sie auf eine so erbärmliche Kreatur gar nicht sauer sein dürfe, und für den Bruchteil einer Sekunde haßte ich sie, kochte ich vor Wut. Ich konnte nicht glauben, daß ich all das wirklich gesagt hatte! Wie hirnverbrannt, einfach so loszublubbern, ihr zu sagen, daß ich sie vermissen werde! Es ist gar nicht meine Art, mit so was rauszuplatzen. Dann haßte ich sie nicht mehr, ich kam mir nur noch idiotisch vor, stand da, in meinem roten Morgenrock, wie gelähmt. Ich wußte nicht, wohin.

Ich schnappte mir mein Handtuch vom Haken und marschierte zur Tür. Andrea stolperte rückwärts und sagte: »Ich will keinen Streit zwischen uns, wenn ich's irgendwie verhindern kann!« Ich hatte es sehr eilig, weil ich die Tränen in meinen Augen fühlte, und die sollte sie nicht auch noch zu sehen kriegen, nie und nimmer.

Ich brachte halberstickt heraus: »Vielleicht kannst du's aber nicht verhindern!« Und dann war ich in der Dusche und drehte den Hahn auf und schüttelte grimmig den Kopf unter dem heißen Wasserstrahl.

Ich weiß, daß sie lügt, von wegen gern mit mir zusammen spielen. Ich weiß es. Für wie blöd hält sie mich? Jemanden bemitleiden ist nicht dasselbe wie jemanden mögen. Pah! Ich pfeife auf ihr verdammtes Mitleid.

Herrgott, warum lasse ich mich von ihr überhaupt so aus der Fassung bringen?

4. Februar 1980, Montag

Irgendwas stimmt hier nicht. Ich konnte mich heute nachmittag einfach nicht aufraffen, zum Training zu gehen. Den ganzen Vormittag hatte ich wieder dieses Dreitausend-Meilen-weit-weg-Gefühl. Nach der Schule bin ich in mein Zimmer gegangen und aufs Bett gefallen und habe nur noch vor mich hin gedöst. Ich habe mitgekriegt, daß es gleich viertel vor drei war, Zeit, in die Gänge zu kommen, aber ich habe es einfach nicht gebracht. Und dann – als es wirklich Zeit war – habe ich mir selbst dabei zugeguckt, wie ich so tat, als täte ich gar nicht, was ich tat. Ich driftete immer wieder ins Schlummerland zurück, und als ich schließlich aufwachte, war es schon nach fünf, und ich sah die Eisbahn in meinem Kopf, leer.

Es war schon dunkel im Zimmer, noch nicht ganz Essenszeit, und ich knöpfte mir meine Englisch-Hausaufgabe vor: Moby Dick. Die ganzen letzten Stunden habe ich damit verbracht, ein ganzes Stück vorauszulesen, was sich immer lohnt. Ach, verdammt, was soll der Bluff, es gab nichts anderes, was ich sonst tun wollte. Es war bestimmt kein Beweis von Tugend.

Ich war nicht beim Abendessen, ich habe keinen Hunger, eher das Gefühl, wenn ich was esse, wird mir schlecht. Aber jetzt ist sowieso zu spät. Bleibt mir nur noch das Bett.

Aber da ist noch was, was ich schreiben muß. Obwohl es so verrückt ist, daß ich mich gar nicht traue, davon anzufangen. Trotzdem muß ich versuchen, es niederzuschreiben, denn Mic sagt immer, die besten Schriftsteller sähen ihre Aufgabe darin, zu dem vorzudringen, was wirklich ist. Und langsam glaube ich, daß das der Grund ist, weshalb ich wie eine Besessene fast jeden Tag hier in dieses Tagebuch schreibe. Es ist mehr, als nur Gejammer ablassen! Also denn: Ich habe das Gefühl, irgendwas in mir ist tief auf harten Boden aufgeschlagen.

So. Das ist es. Und dort, tief unten, auf diesem harten Boden, ist dieses Ding dieser Ort dieses Gefühl dieses unverrückbare Etwas.

Aber das ist doch einfach irre. Es mag ja vielleicht okay sein, es hier aufzuschreiben, aber morgen muß ich zum Training. Draußen in der Welt kann ich mir nicht allzuviel Eigenbrötelei leisten.

6. Februar 1980, Mittwoch

Heute bin ich aus dem Eishockey ausgestiegen.
Das ist alles, was es zu sagen gibt.
Und kein Wort mehr.

7. Februar 1980, Donnerstag

Heute hat das Eishockey-Team von Bristol gegen Rose Hall gespielt und haushoch verloren, und ich war nicht dabei. Ich war im holzgetäfelten Büro unseres Herrn Schulleiters. Bellows beugte seinen langen, breiten Körper über den Schreibtisch und wies mich in seinem gravitätischsten Ton auf die »ernsten und schwerwiegenden Folgen meines Tuns« hin. Er wollte, daß ich ihm meinen »überstürzten und unbedachten Entschluß« erklärte. Aber ich konnte mich kaum weit genug aus meiner Erstarrung rausrappeln, um überhaupt etwas zu sagen. Erklären konnte ich ihm gar nichts.

Gott, ich wünschte, ich könnte es.

Aber wenigstens kann ich hier auf diesem Papier versuchen, es irgendwie auf die Reihe zu kriegen. Und wenn es auch nur für mich ist – der Versuch, ehrlich zu mir selbst zu sein. Also. Ich wurde am Dienstag morgen wach, und auf mir lag wieder dieser bleierne Nebel, schlimmer denn je, ich konnte kaum gehen, reden, essen. Ich brauchte nicht weiter zu tricksen, um eine Krankschreibung von der Schulkrankenschwester zu kriegen, und ich stolperte auf mein Zimmer, kroch unter die Dekke, und weg war ich, die Stunden schwammen vorbei, und eine x-beinige Achtklässlerin mit Haarspangen, die ich schon durch die Flure hatte huschen sehen, erschien als Vertreterin dieses Grüppchens barmherziger Engel, die befugt sind, Essen aus dem Speisesaal zu den armen Kranken wie mir zu bringen. Sie bot ihre ganze schüchterne Nettigkeit auf und erkundigte sich, wie es mir gehe, aber genausogut hätte sie einen Stein fragen können; es ist sinnlos, mich anzusprechen, wenn ich in diesem Zustand bin, das übersteigt meine Kräfte. Ich versuchte zu lesen, aber das ging ebenfalls über meine Kräfte. Ich knipste das Licht aus, drehte mich um und horchte auf das Dunkel, das sich schwer auf mich runtersenkte,

und die Schwere war immer noch da, als ich am Morgen aufwachte. Als ich Rik schließlich telefonisch erreichte, konnte – oder wollte – er sich nicht mit mir treffen, und so schleppte ich mich, immer noch in diesem Schwindel-Panik-Nebel, in den Unterricht, wo ich tat, als sei alles prima, prächtig, bestens.

Das kriegte ich hin. Und ich ging zum Training. Kam auch tatsächlich dort an, wurstelte mich in meine Klamotten, versuchte, nicht auf Andreas leeres Schließfach zu starren. Es setzte mir zu, und es setzte mir zu, daß es mir zusetzte. Ich wollte das nicht. Aber ich war so bleischwer, und so kam eines zum anderen. Ich schleppte mich raus aufs Eis, verblüfft, daß ich es schaffte, und plötzlich überkam mich dieses – na ja, man kann schon fast sagen, ekstatische Gefühl, weil ich es wenigstens so gut hinkriegte, so zu tun, als ob. Weil ich mich in der Gewalt hatte. Weil ich doch nicht den Rest meines Lebens im Bett zubringen mußte, hin- und hergeschwemmt, emporgespült, hinuntergezogen auf den Meeresgrund. Ich meine, wenn ich nun sterbe, dort unten? Hier?

Red weiter. Nicht still sein.

Also – wir liefen herum, Aufwärmrunden um die Bahn, und diese Schwere hing mir in den Gliedern, jeder Zoll ein Tonnengewicht. Wir begannen mit den Routine-Übungen, und ich stand in der Reihe, wartete, daß ich dran kam mit Pässeschlagen, und Granite brüllte herum, wie sie es immer tut, um, wie sie sagt, den »Streß« der Spielsituation zu simulieren. Ich war die nächste, stand da, verlagerte das Gewicht von einem Schlittschuh auf den anderen, und horchte, hörte vielleicht zum ersten

Mal wirklich diesen harten, schneidenden Ton, hörte sie die Worte durch die Luft schleudern wie scharfkantiges Glas. Hörte den Splitterhagel.

Etwas in mir

zerriß.

Ich weiß nicht. Ich fand mich dabei wieder, wie ich mich umdrehte und loslief, Richtung Bande! Ich war selbst überrascht, aber Granite war es erst recht. Sie hielt mitten in ihrer Brüllsalve inne und starrte zu mir rüber, als ob das Hallendach soeben heruntergekracht wäre und jetzt in Trümmern zwischen uns läge.

Ich wußte nicht genau, was ich vorhatte, aber ich wollte raus, so viel war sicher. Granite blaffte: »Wo wollen Sie hin, Roughgarden?«

Ohne zu überlegen gab ich diese alberne Antwort, die meine Mutter immer gibt: »Weg.« Granite lief mir nach, holte mich mit ein paar energischen Schlittschuhschritten ein und umkrallte meinen Arm. Himmelherrgott! Ich wußte nicht, was ich zu tun im Begriff war, bis ich es tat. Ich zischte: »Ich verlasse dieses jämmerliche Team, also nehmen Sie gefälligst Ihre gottverdammten Finger von mir!« Sie fuhr zurück, als hätte ich sie angespuckt, und der Schock ließ ihre Gesichtszüge entgleisen. Ich fühlte, wie sich ihr Schraubstockgriff lockerte, und riß mich los von ihr und verließ schnurstracks die Bahn, und das war's. Nie mehr Nie mehr Nie mehr!

FREI!

8. Februar 1980, Freitag

Heute morgen hat mein Vater angerufen. Bellows hat ihn wohl telefonisch informiert, und so wußte er schon alles. Er sagte, er sei »äußerst betroffen«. Mein Magen ballte sich zusammen. Er fuhr fort, er glaube nicht, daß ich mir der Tragweite meiner Entscheidung bewußt sei. Es sei Verrat an der Schule und an meiner Trainerin und der ganzen Mannschaft. Ja, es sei Verrat an mir selbst. Ich sagte kaum etwas. Er schien es gar nicht zu merken, zog immer weiter vom Leder. Ließ eine seiner Lieblingspredigten vom Stapel – daß ich alles täte, nur um meinen Nonkonformismus unter Beweis zu stellen. Er sei so froh gewesen, weil es endlich so ausgesehen habe, als sei ich »darüber weg« und bereit, mich in einer Führungsrolle zu »erproben«. Aber jetzt schmisse ich das alles aus reiner Dickköpfigkeit hin.

Ich weiß nicht, was er immer mit diesen »Führungsqualitäten« hat, die ich entwickeln soll. Ich habe todsicher nicht deshalb all die Jahre Eishockey gespielt, weil ich unbedingt Team-Kapitän werden wollte. Ich habe es getan, weil es Spaß macht. Ich liebe es, auf einer Kufe eine kreischende, stäubende Stop-Drehung hinzulegen. Ich liebe das Tempo, ich liebe es, mit den anderen zusammen zu spielen, rumzublödeln und spuckend auf der Bank zu sitzen.

Und es gab noch einen Grund, weshalb ich das Eishokkey so gemocht habe. Eine Zeitlang jedenfalls.

Aber davon kann ich ihm nichts sagen. Verdammt, ich konnte ihm noch nicht mal das sagen, was eigentlich leicht zu sagen sein müßte. Ich stand da, stumm wie ein Betonsilo.

Er redete und redete. Schließlich mußte ich irgendwas sagen! »Ja, aber ich war immerhin stellvertretende Chefredakteurin beim *Wisch*, bevor er eingegangen ist!« Das war alles, was ich herausbrachte. Oh, Stevie, du mußt noch viel lernen.

Er gab eine Art verächtliches Schnauben von sich und meinte, er spreche von ernsthaften schulischen Aktivitäten, und der *Wisch* sei doch offensichtlich auch nur ein Vehikel gewesen, meinen Non-Konformismus »herauszuhängen«.

Ich glaube, das hat mir dann doch ziemlich gestunken. Aber gesagt habe ich nichts.

Na, jedenfalls, nach etwa zwanzig Minuten in diesem Stil war mein alter Herr schließlich so richtig auf Touren. Verdammt auf Touren. Ich hörte es an seiner Stimme, er war kurz vor dem kritischen Punkt. Das einzige, was mich davor bewahrte, daß er mich völlig einmachte, war die Tatsache, daß eine Telefonkonferenz auf ihn wartete. Puh. Er konnte aber nicht auflegen, ohne noch diesen letzten Schuß loszulassen. Er sagte, er hoffe, ich sei »reif« genug, meine Entscheidung noch einmal zu überdenken.

Ich antwortete nicht.

10. Februar 1980, Sonntag

Andrea hat sich heute beim Brunch zu mir gesetzt. Herrjeh! Ich fühlte mein Herz im Hals, auf der Zunge! Zusammen mit meiner Frühstückswaffel, und genauso matschig. Warum werde ich in ihrer Gegenwart nur so nervös? Verdammt! Ich war total von der Rolle! Obwohl es ganz offensichtlich war, daß sie sich alle Mühe gab, das von neulich wiedergutzumachen, fühlte ich mich doch innerlich wie eine Hochspannungsleitung.

Das ist das Unangenehme. Das Angenehme ist, daß ich das Gefühl habe, sie versteht, warum ich die Sache hingeschmissen habe. Ich denke, daß es schon ein bißchen was mit dem zu tun hat, was sie neulich abend zu mir gesagt hat, daß das nach und nach zu mir durchgesickert ist. Aber das habe ich ihr nicht gesagt. Und sie hat mich auch nicht gefragt, wie es zu dieser totalen Kehrtwendung kam; sie hat es auf der lockeren Ebene gehalten, hat einfach nur versucht, nett zu sein und mich zum Lachen zu bringen. Anscheinend gelingt ihr das immer.

Ich kriegte immerhin – stotternd und zur Seite gemurmelt – so eine Art Entschuldigung dafür raus, daß ich ihr neulich abend auf dem Weg zur Dusche dieses Ding reingewürgt habe. Sie sagte, das sei schon okay, sie habe kapiert, daß ich in einer Zwickmühle sei. Sie ist wirklich witzig! Gleich darauf sagte sie lachend, wenn ich ins offene Eishockey ginge, um mit ihr und Duncan und Liddy zusammenzuspielen, würden sie mir massig Gelegenheit geben, meine »aufgestauten Aggressionen« rauszulassen.

Was denkt sie denn, was für Aggressionen ich in mir aufstaue?

11. Februar 1980, Montag

Ich war also um Punkt drei draußen auf der Eisbahn, und ehe ich wußte, wie mir geschah, war Andrea da, die mir auf die Schulter klatschte und sich neben mir auf die Bank plumpsen ließ, um ihre Schlittschuhe anzuziehen. Eins muß ich ja sagen: sie ist echt süß.

Liddy und Duncan waren auch total aufgedreht. Es hat Spaß gemacht, heute nachmittag dort draußen. SPASS.

Man höre und staune. Williams ist schon ein komischer Vogel auf dem Eis, aber im Geschichtsunterricht ist er das ja auch. Heute nachmittag hat er uns alle mit seinen Mätzchen bei Laune gehalten, und manchmal ist er einfach nur zum Scherz aus der Schiedsrichterrolle ausgestiegen, um selbst mitzuspielen, und einmal hat er sogar den Puck aufgelesen und ist damit in unser Tor gestürmt. Die Jungen, die mitspielen, sind auch ganz okay, keine Super-Machos oder so was. Die Art Jungen, mit der ich klarkomme.

Und es gefällt mir, gefällt mir sehr, wieder mit Andrea Eishockey zu spielen. Sie ist lustig. Echt lustig.

Eine kleine Sache geht mir aber doch noch nach – Rik, der sagt, hey, toll, wenn du nicht mehr jeden Nachmittag und Abend zum Training mußt oder irgendwelche Spiele hast. Dieses Gefühl, das mich da für einen Moment durchzuckte. Ich weiß, normalerweise bin ich es, die an ihm rumnörgelt, daß er nicht genug Zeit hat, die gern mehr reden möchte, aber – na ja, ich will auch nicht diese ganze neugewonnene Zeit gleich wieder hergeben. Ich meine, zuviel des Guten ist zuviel, oder?

Oder?

12. Februar 1980, Dienstag

Heute in der Schule Ellen Grant auf dem Flur. Oben. Ich sah sie aus sechs, sieben Metern Entfernung auf mich zukommen. Mein Kopf fing an zu dröhnen, mein Herz hämmerte, und ich guckte mich nach einem offenen Klassenzimmer um, in das ich mich verziehen konnte. Aber die beiden nächsten Türen waren zu, dahinter lief Unterricht. Kein Entkommen.

Da latschte noch dieser lange Schlaks aus der Zehnten vor mir her, aber als er Granite passierte, waren da nur noch sie und ich und dieser elektrisch geladene Zwischenraum, der immer mehr schrumpfte, wobei sich die Ladung noch konzentrierte. Aarrrgh! Ich driftete zur gegenüberliegenden Wand und war plötzlich total fasziniert von dem quadratischen Fußbodenmuster. Aber VERDAMMT! Ich mußte hochgucken, als ich auf ihrer Höhe war. Sie hatte den Kopf in meine Richtung gewandt, aber es war, als sei ich gar nicht da, als sei ich ein absolutes Nichts, NICHTS NICHTS NICHTS! Ihre Augen waren so leer wie eine frischgewischte Tafel.

Ich rannte die Treppe runter und den ganzen Weg bis ins Heim. Ich wollte heulen, schreien, mit Sachen schmeißen. Aber ich habe es nicht getan. Ich lag eine Weile bäuchlings auf meinem Bett. Aber im Eishockey war ich heute ganz schön bescheuert drauf, habe einige Jungs härter gecheckt als ich sollte. Na ja, unter sich spielen sie auch so. Trotzdem – wenn ein Mädchen das macht, zahlen sie's ihr nicht heim. Ach, was – wenn ich schon das böse Mädchen bin, kann ich es auch wenigstens mal auskosten.

13. Februar 1980, Mittwoch

ALLES ÜBER GRANITE UND MICH WEIL ICH NÄMLICH KEIN NICHTS BIN

Sie war es, die mich entdeckt hat. Ich war vierzehn. Es war im Winterhalbjahr, und ich war auf der Eisbahn, ganz allein, nur so aus Jux. Ich war eine Dorfteich-Dilettantin, aber ich konnte laufen ohne hinzufallen oder so was. Sie kam rein, und ich sah, wie sie mich bemerkte. Sie rief mich zu sich. Fragte mich, warum ich nicht im Eishockey sei. Als mir keine Antwort einfiel und ich nur mit der Kufenspitze im Eis herumhackte, meinte sie, ich solle doch mal vorbeikommen.

Ich weiß noch, wie ich in diese hellblauen Augen sah – sie hat wirklich unglaubliche Augen, man kann sich ewig drin verlieren – und zu allem, was sie sagte, einfach nur nickte. Wer hängt schon am Basketball? Ich nicht! Wenn sie die Trainerin wäre, würde ich mitspielen. Gleich am nächsten Tag erschien ich zum Training. Ich war zuerst nicht besonders gut, aber mehr als willens, an mir zu arbeiten. Und das tat ich auch. Ich rackerte und rackerte. Und Granite unterwies mich, widmete mir sogar nach dem Training noch zusätzlich Zeit. Ich genoß es, genoß die Zuwendung.

Dann, Mitte Februar, als sie wohl befunden hatte, daß ich dabeibleiben würde, meinte sie, wir müßten ein paar anständige Schlittschuhe für mich kaufen. Und so fuhren wir an einem frühen Donnerstag nachmittag nach Hartford, um die Sportgeschäfte abzuklappern, und ich erstand ein neues Paar Super Tacs von dem Geld, das mir mein Vater geschickt hatte. Ich weiß noch, wie ich die Scheine in meinen Schuh gesteckt hatte. Nachdem wir die Schlittschuhe gekauft hatten, lud sie mich noch zu einem Milch-Shake ein, in dieser alten Milchbar, die sie aus ihrer Collegezeit kannte. Ich erinnere mich noch so genau an diesen Nachmittag – es taute, und es schien, als sei der Frühling ausgebrochen, all das Schmelzwasser auf den grauen Stadtstraßen. Sie war so nett zu mir, und das machte mich so glücklich – mit ihr zusammenzusein, neben ihr herzulaufen, dieser selbstbewußten, stolzen

Frau. Ich weiß noch, daß ich tagelang von diesem Nachmittag zehrte.

Du meine Güte, was war ich da noch für ein kleines Schulmädchen! Aber trotzdem! Ich habe mich so für sie abgerackert! Und auch als dann Rik kam und ich auf ihn umschaltete (wie es sich gehört), rackerte ich mich noch weiter für sie ab! Das habe ich die ganze Zeit getan. Deshalb kapiere ich ja auch nicht, wie sie mich so behandeln kann – nachdem ich mir jahrelang für sie den Arsch aufgerissen habe. Diese Kapitäns-Chose war noch nicht mal meine Idee; sie wollte es. Ich habe es für sie getan. Weil ich zwar inzwischen älter war und schon eine ganze Weile mit Rik zusammen, aber immer noch was von dem alten Gefühl in mir hatte. Und wohl immer noch habe.

Hilfe

Herrgott, Stevie, warum gestehst du's dir nicht einfach ein? Spuck's aus, hier hört dich doch schließlich keiner! Okay, also gut, ich war damals irgendwie in sie verliebt. Stimmt, das war ich. Ich meine, richtig verliebt-verliebt. Oh Gott.

Scheiße noch mal, jetzt reicht's für heute abend.

14. Februar 1980, Donnerstag

Valentinstag. Ich bin gerade heimgekommen, eine volle Minute vor der Sperrzeit, und ich will ja nicht sagen, er sei romantisch, aber irgendwie war er schon so, wie es diesem Tag entspricht. Nicht sentimental oder was, aber so in dem Stil: »Oh, was für eine angemessene Art zu feiern, ah, oh.«

Ich für meinen Teil wünschte, ich wäre ein bißchen mehr bei der Sache gewesen. Den ganzen Tag spukte mir Granite im Kopf herum. Ich fing immer wieder davon an, ohne es zu wollen. Er wurde schließlich sauer, meinte, ich solle meine Zeit nicht damit vergeuden, dauernd an dieses »frustrierte, kastrierende Weibsstück« zu denken. Oh, Mann, manchmal hat er wirklich eine Art, Sachen zu formulieren! Er fragte, warum ich nicht einfach genießen könne – dies und das und das – und dann war er voll drauf, und es war kein Platz mehr für Worte.

Na ja, alles Liebe zum Valentinstag, Stevie. Was ich da gestern geschrieben habe – vielleicht hätte ich es nicht tun sollen. Es hat nur alles wieder aufgerührt – was ich damals gefühlt habe, meine ich. Aber jetzt bin ich siebzehn, nicht mehr vierzehn! Das ist jetzt passé!

Wenn ich nur lernen könnte, mich mehr zu entspannen, wenn ich mit ihm zusammen bin. Aber verdammt, ich weiß einfach nicht, ob ich loslassen soll – oder ob ich vielleicht irgendwie versuchen muß, mich mehr ins Zeug zu legen.

Zum Teufel mit Granite. Rik mag mich. Er mag es, wenn ich da bin. Wenn ich mit ihm zusammen bin, bin ich nicht nichts.

15. Februar 1980, Freitag

Heute im offenen Eishockey war ich wieder in dieser verrückten miesen Stimmung, die mich manchmal packt. Ich weiß, daß mich alle nervig finden.

Aber diese Andrea Snyder – die hat wohl eine masochistische Ader. Heute hat sie mich wieder angesprochen, wegen diesem Pizza-Essen. Ich kann mir nicht vorstellen, was sie von mir will, aber als wir vom Eis gingen, kam sie zu mir und sagte: »Hey.«

Ich sagte auch »Hey«, und sie fing sofort an, wie es denn nun sei mit der Pizza, und daß wir doch vorher noch auf dem See Schlittschuh laufen könnten. Ich war zu komisch drauf, um dort rumzustehen und mit ihr zu reden, deshalb sagte ich, okay, morgen nachmittag, aber jetzt müsse ich wirklich dringend was für Englisch machen. Und damit ergriff ich die Flucht. Das ist alles, was ich zur Zeit will. Flüchten. Vor allem.

Aber wer weiß? Vielleicht würde mir ein bißchen Ablenkung ja guttun. Ich gucke jeden Tag aufs schwarze Brett, wann das Eishockey-Team-Training ist, und wenn es soweit ist, werde ich fast wahnsinnig. Wenn ich nun an dem bewußten Nachmittag gleich über die Bande gesprungen wäre und ihr gar keine Gelegenheit gegeben hätte, handgreiflich zu werden? Ich weiß doch, wie sie ist. Ich weiß, wie sie das alles manchmal frustriert. Ich hätte uns vielleicht beiden diese Szene ersparen können ...

Aber ich könnte jetzt gar nicht mehr zurück. Nicht nach diesem Abgang. Es geht nicht, so zu tun, als wäre nichts gewesen.

16. Februar 1980, Samstag

Rik meinte, wir sollten uns heute nachmittag treffen, aber ich konnte Andrea nicht wieder versetzen. Das war in der Mittagspause. Er war ziemlich knurrig. Ich hatte ein schlechtes Gewissen, sah keine Möglichkeit, es beiden recht zu machen. Oh Mann, wie ich so was hasse.

Hm. Dennoch. Es hat Spaß gemacht. Wir trafen uns unten am See, Andrea und ich, und setzten uns auf die hölzerne Ufereinfassung, um unsere Schlittschuhe anzuziehen. Diese Andrea ist wirklich nett. Sie ist furchtbar nett zu mir. Ich kann mir nicht denken, womit ich das verdient habe.

Oder was sie will –?

Na, jedenfalls – Schlittschuh laufen auf dem See – also, ich fand's toll. Ich hatte nicht gedacht, daß es mir so viel Spaß machen würde, weil ich in letzter Zeit immer so komisch drauf war, aber das hatte was, diese Weite, See, See, See und Himmel, Himmel, Himmel – endlos. Ich mußte einfach schnell laufen, mit langen Schritten, mich richtig ins Zeug legen. Dann im Bogen wieder zurück zu Andrea, die vor sich hin glitt. Ihre Wangen waren rot unter ihrer Mütze. Es machte ihr nichts aus, daß ich davonflitzte. Sie hatte auch ihren Spaß. Jedenfalls hatte es den Anschein.

Und dann – endlich – ab zu unserer Pizza. Das Lokal war wunderbar warm und von dampfigem Pizzaduft erfüllt. Wir hatten beide einen Mordshunger und stopften in uns rein. Aber wir haben auch geredet. Andrea ist groß im Fragenstellen. Sie stellte mir die Frage, von der ich mir schon gedacht hatte, daß sie sie stellen würde: die Alsowarumbistdugegangen-Frage.

Zuerst habe ich ein bißchen gestottert, ihr dann aber erzählt, wie ich mich in dieses Training geschleppt hatte, wie irgendwas in mir zerrissen war, als ich Granite brüllen hörte, und wie dieser eine Teil von mir einfach den Rest dazu gebracht hatte, von der Bahn zu marschieren.

Andrea nickte, guckte über den Rand ihres Limo-Pappbechers. Mit einem schiefen, fast etwas schmerzlichen Lächeln.

»Na ja, ich glaube langsam, dieser eine Teil von mir weiß, daß ich mir nicht jeden Scheiß von ihr bieten lassen muß«, sagte ich.

»Tja, ich glaube, da hast du recht«, sagte sie. »Du mußt dir nicht jeden Scheiß von ihr bieten lassen.« Und ihr Lächeln löste sich richtig und erhellte ihr Gesicht.

Verdammt, sie benimmt sich wirklich, als ob sie mich mag! Ich weiß es natürlich nicht sicher, aber es sieht so aus. Wie es wohl wäre, hier jemanden in meinem Alter zu haben? Ich kann es mir nicht mal vorstellen.

17. Februar 1980, Sonntag

Letzte Nacht hatte ich diesen tollen Traum. Das Gefühl hielt noch den ganzen Tag an:

Andrea und ich sind in meinem Zimmer. Wir halten diese bunten Kreppapierbänder in den Händen und tanzen. Tanzen mit den Papiergirlanden, tanzen auf dem Bett rum, und die bunten Bänder flattern durch die Luft, und wir erfüllen den Raum mit dieser Bewegung und mit unserem Tanz. Tanzen miteinander. So leicht, als ob wir fliegen. Und ich denke im stillen. »Wow! Das ist das Gefühl, nie wieder allein zu sein.«

Großer Gott, wie es wohl wäre, dieses Gefühl im wirklichen Leben zu haben?

18. Februar 1980, Montag

Mit Rik war es heute abend ganz komisch. Oh Gott. Vielleicht versuche ich morgen, davon zu schreiben.

21. Februar 1980, Donnerstag

Kalt, kalt, kalt! Ich hasse diese Kälteeinbrüche. Es ist, als ob mir nie wieder warm genug würde. Außer unter der Dusche oder im Bett. Was das Aufstehen am Morgen noch schwerer macht. Ätz.

Habe Rik diese Woche so gut wie gar nicht gesehen – Katie ist da. Er hat sie gestern abend zum Essen mitgebracht. Sie ist wirklich ein süßer Fratz, rotblond und sommersprossig, halb Lausbub und halb Püppchen mit ihren Kattunröckchen. Aber im Ernst, sie schafft es wirklich, ihn auf Trab zu bringen. Besser, als ich es je geschafft habe, und sie ist doch erst sieben. Aber ich bin ja auch so ein Wirrkopf, was kann man da schon erwarten.

22. Februar 1980, Freitag

kaltkaltkaltkaltkaltkaltkaltkaltkaltkalt
kaltkaltkaltkaltkaltkaltkaltkaltkaltkalt

gefrieren
erstarren
kristallisieren
undschließlichversteinern

eisbrockenhartreglossaftloskraftlos

tot

23. Februar 1980, Samstag

Also – es war einmal ein riesiges Ungetüm, das lebte auf dem Grund eines großen Sees. Da lebte es schon sehr lange. Es war ganz still dort unter Wasser, friedlich und blaugrün. Aber mit seinen Teleskopaugen konnte das Ungetüm manchmal erkennen, was sich über der Wasseroberfläche tat, draußen an Land. Es war ein einigermaßen erträgliches Leben, im Frühling, Sommer und Herbst.

Aber die Winter waren hart. Oft fror der See zu, über die ganze Breite, von einem Ende zum anderen. Dann, durch das dicke Eis, war die Welt verschwommen und weit, weit weg. Im Winter ließ sich das Ungeheuer hinab auf den Grund des Sees sinken, zwischen die untersten Felsbänke.

Wenn der Frühling kam, wurde das Eis dünner, Risse brachen auf. Im Frühling pflegte das Ungetüm in seinem Hunger nach Höhenluft ganz hinauf an die Oberfläche zu steigen, die breite Nase und die Knubbelaugen aus dem Wasser zu stecken und sich leise schaukelnd dahintreiben zu lassen. Einige wenige Male kamen ein paar andere Wesen, die es vom Ufer her gesichtet und erraten hatten, daß es sehr einsam sein mußte, in Booten herausgerudert, um mit ihm zu reden.

Aber das Ungetüm war sehr scheu. Es lauschte dankbar ihren Geschichten und bat sie manchmal sogar, etwas zu singen. Doch dann, wie auf ein unbekanntes Signal, blinzelte es und tauchte weg. Und ward vielleicht bis zum nächsten Frühling nicht mehr gesehen.

Aber ach! ach! die Winter! Die Winter waren so lang!

25. Februar 1980, Montag

Tja, es sieht so aus, als ob Andrea sich mit mir anfreunden wolle. Ich meine, ich denke, daß sie es will. Aber vielleicht ist es ja einfach nur so ein Prinzip von ihr, nett zu Sozialfällen zu sein. Ich meine, gibt es irgendwas an mir, was ihr wirklich gefallen könnte?

Klar, ich gelte allgemein als gescheit. Aber ich sehe nicht besonders gut aus und nichts. Ich glaube, ich bin ganz okay, aber mehr auch nicht. Und vielleicht bin ich ja gescheit, aber irgendwie kann ich nichts damit anfangen. Mein Gehirn hängt dort oben in meinem Schädel drin wie ein toter Fisch. Ich bin nicht so fix wie Andrea. Und auch nicht so lustig. Und nicht annähernd so hübsch. Ich meine, alle hundert Jahre macht Rik mir mal ein Kompliment, wenn ich mich schick anziehe, aber das liegt dann an den Klamotten, und das sind sowieso nie Sachen, die ich wirklich mag. Was bringt mir das? Andrea dagegen sieht einfach toll aus, ganz egal, was sie anhat. Es liegt irgendwie an der Art, wie sie sich bewegt, an dem, was sich auf ihrem Gesicht abspielt. Ich weiß nicht.

Jedenfalls: sie hat das alles, ist das alles. Und dann bin da ich. Kann sie's denn wirklich ernst meinen? Ehrlich? Aber vielleicht sollte ich es ja austesten? Ich meine, wieso nicht? Habe ich etwa Angst, daß mich ein bißchen Nettigkeit gleich umbringt?

26. Februar 1980, Dienstag

Gedicht für den Englischunterricht

Eislaufen auf dem See

Gestalten wie verwischte Kohlestriche
verschwinden in traumdunstiger Ferne
Eisfischerhütten kauern
in Rufweite vom Ufer
vages Wispern wirbelt hinter mir her
und ich laufe, Kufen klirren
über die tauwassernarbige Fläche.
Die Erde ringsum birgt
den See in ihrem Schoß
umfangen von kahlwaldigen Bergen.
Aber das Grau des späten Winternachmittags
steigt aus dem Eis, empor –
quillt und legt sich auf die Hänge.

Ich bin längst unerreichbar für Stimmen
von Ufer und Hütten, die Weite
zieht mich hinaus; die Uhr in der Tasche,
vergesse ich die abgemachte Zeit.
Zwei Meilen weit draußen beginnt der Gesang
aus Knacken und Dröhnen, doch die Gefahr
steckt nur im Kopf: »Is nur der See,
wo sich reckt«, sagen die Fischer. Ich falle
auf die Knie, liege bäuchlings
da und träume von dem Drachen
drunten im See. Sein mächtiges Brüllen
zerreißt die Luft, füllt sie
mit allesdurchdringendem Schmerz. Aufblickend

sehe ich Eis und Himmel verschmelzen in endlosem Grau;
leerer Raum dehnt sich nach allen Seiten.

Kaltes Eis nagt an meiner Wange, ich stelle mir vor,
wie die Starre weiter um sich greift
bis es kein Zurück mehr gibt –
seltsam – wie jetzt der unverwechselbare Duft
des Rauchs der Fischerfeuer
zu mir findet und ein winzigkleiner Hauch
von Wärme meine Nasenlöcher erreicht.
Langsam stehe ich auf und gleite
allmählich schneller werdend uferwärts und winke
einem Fischer, der vor seiner Hütte steht.
Er winkt mit einer Hand zurück, ein Fisch
zuckt regenbogenschillernd in der andern.

27. Februar 1980, Mittwoch

Letzte Nacht hatte ich wieder diesen Traum von Kit. Genau wie in den Ferien – daß ich zu Hause aus dem Küchenfenster schaue und an den Pfotenabdrücken im Schnee sehe, wohin sie gelaufen ist. Ich folge der Spur mit den Augen, aber dann ist da diese große Schneewehe, wie eine eisige Welle, die alles verschüttet hat. Ich weiß, sie hat sich verlaufen, und es ist zu spät, um sie noch wiederzufinden. Alles meine Schuld.

Rik wollte, daß ich heute nachmittag zu ihm kommen sollte, aber ich hatte Andrea am Montag auf dem Heimweg schon versprochen, heute mit ihr Basketball zu spielen. Ich glaube, er war ein bißchen sauer. Es ist schwer, es allen rechtzumachen.

Andrea eine Freude zu machen scheint allerdings nicht besonders schwierig. Wir trafen uns um drei und stapften durch den Schnee rüber zur alten Turnhalle. Der Umkleideraum dort scheint wirklich uralt zu sein. Und riecht auch so. Da und dort ein paar offene Spinde, Socken über den grünen Metallgittertüren, BHs draußen an den Haken.

Basketballspielen hat großen Spaß gemacht. Mir jedenfalls. Auch Andrea schien gut drauf. Sie lacht viel. Ihre Augen blitzen, wenn sie spöttische Bemerkungen losläßt und ich zurückfrotzle. Manchmal wirft sie den Kopf zurück und lacht los. Schallend laut. Heute sah sie jedenfalls aus wie jemand, der sich prächtig amüsiert, soviel steht fest. Ich glaube, sie versteht es einfach, an allem, was sie tut, Spaß zu haben. Wir haben nicht richtig ernsthaft gespielt, nur so durch die Gegend geballert, ohne Punkte. Das offene Eishockey läuft auch so, nicht todernst wie bei Granite.

Nach einer Stunde oder so trabten wir wieder zurück in den schummrigen Umkleideraum und unter die Dusche. Ich hätte gern noch weiter rumgewitzelt und sie vollgespritzt, aber ich traute mich nicht. Auf dem Rückweg zum Schulgelände sind wir dann noch auf dieses niedrige Schrägdach auf der Rückseite der Turnhalle geklettert und ein paarmal in die große Schneewehe runtergesprungen. Ein Mordsspaß.

Ich glaube, das ist es, was ich sagen will: mit Andrea zusammenzusein macht einfach SPASS.

28. Februar 1980, Donnerstag

Rik hat sich heute beim Mittagessen zu mir gesetzt. Das ist eher ungewöhnlich. Er fragte, wo ich gesteckt hätte. Ich wußte nicht, was zu sagen. Es war ja nicht so, daß ich nicht zu den Mahlzeiten dagewesen wäre, sondern es ging darum, daß ich nicht wie üblich jeden zweiten Abend angerufen hatte, um mich zu melden und in Erfahrung zu bringen, wann wir uns wieder sehen würden. Und jetzt saß er da und stellte mir diese Frage, mit diesem merkwürdigen Grinsen, das er an sich hat, und schiefgelegtem Kopf. Mag ich dieses Grinsen? Ich weiß nicht. Manchmal ist es, als wolle er irgendwas aus mir rauskitzeln, als ob er sagt: Los, raus damit.

Na, jedenfalls habe ich geantwortet, ich hätte diese Woche – außer natürlich am Mittwoch – für mein Französischreferat über Baudelaire ackern müssen, in der Bibliothek gehockt und recherchiert und biographische Sachen über Monsieur le Poète français gelesen. Ein Haufen Arbeit. Darauf sagte er irgendwas, von wegen Fräulein Professor Stevie, beließ es aber dabei. Ich hatte ein schlechtes Gewissen. Denn es stimmt ja nur teilweise. Ich habe an diesem Referat gearbeitet, aber auch fast jeden Abend nach dem Essen im Café-Raum rumgesessen, mit Andrea, Liddy und Duncan. Bisher ist das kaum vorgekommen, daß ich mit Leuten aus meiner Klasse rumsitze und klöne. Sonst habe ich mich immer bald unter irgendeinem Vorwand verdrückt, um zu Rik zu gehen. Aber jetzt ist das anders. Teufel, noch mal: Ich will wissen, wer diese Kids sind. Bevor wir mit der Schule fertig sind.

...Aber vielleicht ist das ja nicht alles? Weil ich es irgendwie einfach nicht gepackt habe, ihm von meinen Gefühlen zu erzählen. Ich weiß nicht genau, warum. Vielleicht will ich mich ja an ihm rächen, dafür, daß er keine Zeit für mich hatte, solange Katie da war? Und ich will es mir nicht eingestehen? Und ihm gegenüber schon gar nicht? Keine Ahnung: Es war, als könnte ich einfach nicht richtig mit ihm reden. Irgendwas war da in mir – zwischen uns – das sich immer wieder dazwischenschob. Auf seinem Gesicht war immer noch dieses Grinsen, er war immer noch auf irgendwas aus, ohne den Mund aufzumachen und ES auszusprechen. Er bevorzugt subtile Methoden, sagt er. Es saß sonst niemand am Tisch, bis dann später Jeanie kam, aber er geht lieber auf Nummer Sicher. Er meinte: »Sonntag wäre doch ein guter Tag für eine Käsetoastorgie, findest du nicht?« Ich sagte, doch, klar, und in dem Moment kam Jeanie, also konnten wir nicht mehr weiter drüber reden. Ich weiß nicht, irgendwie war mir sehr komisch zumute. Ich weiß nicht. Ich weiß nicht.

Vielleicht bin ich ja einfach komisch, und das ist alles. Und trotzdem – ich weiß nun mal, ich will mit meinen Freundinnen rumhängen können und mich nicht immer verdrücken müssen, um mich mit ihm zu treffen, damit wir unser Nach-dem-Abendessen-Ding durchziehen können. Oder unser Nachmittags-Ding, oder unser Sonntagvormittag-Ding. Mir ist es wichtig, mit ihm zusammenzusein – daß mich da keiner falsch versteht –, aber es gibt jetzt eben auch noch andere Sachen, die ich tun will. Verflixt, es ist praktisch schon unser Abschieds-Frühjahr in der Schule, auch wenn es heute minus 5 Grad hatte. Ich will mich warmlaufen für die Zeit, auf die wir alle gewartet haben!

29. Februar 1980, Freitag

DAS NEUESTE IN KÜRZE

Mic war begeistert von meinem Gedicht. Es hat ihr wirklich gefallen! Sie sagte, es sei »eindringlich« und »voller wunderbarer Bilder.« Besonders gut fand sie den Schluß, vor allem den schillernden Fisch. Aber das Tollste war, daß sie gemeint hat, ich hätte die wichtigste Gabe, die ein Schriftsteller braucht: »die Fähigkeit, einen Text zu schaffen, der auf zwei Ebenen gleichzeitig wirkt – der konkreten Oberflächenebene und der tieferen, metaphorischen Ebene«. Ha! Nicht schlecht für ein Spatzenhirn, oder? Und außerdem hat Mic noch gesagt, sie hoffe, daß ich in der zweiten Hälfte des Frühjahrssemesters, wenn sich die Englischkurse alle in diese Mini-Kurse aufteilen, zu ihr käme. Sie macht nämlich kreatives Schreiben. Na, klar doch. Ich hatte vorher schon überlegt, daß das toll wäre, aber jetzt denke ich, daß ich vielleicht wirklich gut genug bin, das ist der Unterschied. Das könnte wirklich toll werden.

Heute ist Schalttag. Mic hat im Unterricht gesagt, am Schalttag dürfen Frauen sich jemanden ausgucken und um ein Date bitten. Ein »Date«! Was für eine komische Vorstellung, mit jemandem ein Date zu haben. Was soll man denn dabei machen? Keine Ahnung, meine Spezialität ist das jedenfalls nicht. Aber wenn mich jemand dazu drängen würde, ich meine, was soll's, die Gelegenheit bietet sich schließlich nur alle vier Jahre – du liebe Güte, jetzt werde ich albern! Aber ich wüßte schon, mit wem ich ausgehen wollte!

Und das ist nicht Rik!

Uuuups!

Okay, okay, Schluß damit! Jetzt aber wieder zu den ernsthaften Dingen! Also gut. Dad hat heute angerufen. Vermutlich ist ihm aufgegangen, daß ich in einer Woche Ferien habe. Es war sein erster Anruf seit meinem Abschied aus dem Eishockey-Team. So ist er nun mal, wenn ihn irgendwas in Rage bringt – dann ruft er eine ganze Zeitlang nicht an. Aber er will trotzdem, daß ich die erste Woche nach New York komme, wie immer. Klar doch, habe ich gesagt. Je kürzer ich in Georgeville bin, desto besser. Außerdem kann ich bei ihm im Büro arbeiten und dabei ein bißchen Geld verdienen.

Aber unser Gespräch war trotzdem ziemlich komisch. Wahrscheinlich ist er immer noch sauer wegen der Eishockey-Sache. Gesagt hat er allerdings nichts, außer dieser einen spitzen Bemerkung, er hoffe, ich würde meine neugewonnene Zeit zum Lernen nutzen. Ich habe es einfach überhört und von was anderem geredet, aber geärgert hat es mich doch. Ich habe doch gute Noten, reicht das nicht?

Wie auch immer, noch eine Woche, und ich habe Zeit und Geld.

Aber wie steht's mit dem Spaß?

2. März 1980, Sonntag

Heute hatte ich einen tollen Tag mit Andrea. Wir haben uns super amüsiert! Aber momentan ist da diese Empfangsstörung in meinem Hirn. Der Killernebel schlägt wieder zu! Das Problem ist, daß ich ja irgendwie schon mit Rik verabredet war, zu dieser »Käsetoastorgie«. Aber statt ihn heute morgen gleich anzurufen, bin ich einfach eine Zeitlang dösend liegengeblieben und dann direkt zum Frühstück gegangen. Es war schon ziemlich spät, und ich hatte einen Riesenhunger, und dann, kaum war ich dort, kam Andrea und setzte sich zu mir, und sie sah toll aus in ihren Jeans und diesem Strickpullover, der wie ein bunter Wirbel aus hundert verschiedenen Farben ist. Na ja, ich habe mich einfach gefreut, sie zu sehen. Und als wir so vor uns hin aßen, sagte sie: »Hey, wie wär's heute mit einem neuen actiongeladenen Abenteuer-Trip?« Ich hatte mein Orangensaftglas gerade an die Lippen gesetzt, als es mich wie ein Blitz durchzuckte, daß ich Rik versprochen hatte zu kommen, was dazu führte, daß ich mich verschluckte. Ich glaube nicht, daß Andrea was gemerkt hat, aber wer weiß? Vielleicht rede ich mir das auch nur ein?

Ich setzte das Glas ab und sagte: »Super! Woran denkst du?«

»Wir könnten Flippern gehen!« sagte sie.

»Flippern?« fragte ich. Sie nickte eifrig. Flippern war nie mein Ding, aber ich sagte es nicht. Ich antwortete vielmehr, klar, gern, weil ich dachte, was soll's, ich will mit ihr zusammensein, und was wir tun, ist nicht so wichtig. Es macht einfach Spaß, mit ihr zusammenzusein. Es gefällt mir, das ist alles.

Wir hatten beide vorher noch ein paar Dinge zu erledigen. Also sagte ich, ich würde sie in einer dreiviertel Stunde abholen. Ich ging zurück ins Wohnheim, duschte und brauchte dann noch mal genausolang, um zu entscheiden, was ich anziehen sollte. Manchmal ist es verdammt schwer, das Richtige zu finden – obwohl es nicht gerade um die Edelabendgarderobe ging. Aber trotzdem – ich wählte meine besten alten Flickenjeans und den kastanienbraunen Pullover mit dem weiten Rollkragen, den ich habe, seit ich vierzehn war. Dazu meine Wanderstiefel und meine dicke rote taillierte Jacke. Ich wollte nicht aufgedonnert aussehen, aber auch nicht allzu sehr wie ein Dorftrampel. Vielleicht ist es idiotisch, so viele Gedanken darauf zu verwenden, was man anzieht. Normalerweise ist mir das auch ziemlich egal. Aber heute dachte ich mir, ein actiongeladener Abenteuer-Trip verlangt eine sorgfältige Garderobenauswahl. Weiter nichts.

Ich flocht mir also vor dem Spiegel den Zopf neu, und als ich mein Gesicht sah, wußte ich plötzlich, daß ich Rik noch nicht mal anrufen wollte. Ich fragte mich: »Was soll das? Ich habe ihm versprochen, ich würde anrufen.« Aber der Punkt war – ich weiß nicht, was der Punkt war. Ich hatte einfach keine Lust, ihn anzurufen. Ich habe das Ganze einfach beiseite geschoben; wie konnte ich das tun? Und jetzt ist es halb elf abends, und ich habe ihn immer noch nicht angerufen. Ich weiß, er ruft mich nicht an – er findet es nicht ratsam, mich im Wohnheim anzurufen. Was soll ich ihm sagen, wenn ich ihn sehe? Ich habe mich noch nie so verhalten. Ich sollte mir besser was einfallen lassen.

Aber darüber will ich mir jetzt nicht den Kopf zerbrechen. Jetzt will ich über meinen Tag mit Andrea schreiben.

Wir marschierten langsam los. Bis in den Ort rein sind es zwei Meilen, und wir redeten oder sagten auch einfach gar nichts. Es wurde immer grauer und grauer, und bis wir in diesem kleinen Schuppen ankamen, der halb Eisdiele und Café, halb Flipper- und Pool-Billard-Höhle ist, spuckte der Himmel schon diesen naßkalten Schneeregen runter. Wir schlüpften durch die Tür und gingen an den Tresen. Andrea bestellte ein Root-Beer, ich ein Milch-Shake. Meine Lieblingsversion, Schoko und Erdbeer gemixt.

Andrea ist einfach cool. Es war so toll, ihr einfach nur zuzusehen, wie sie flipperte, an dem Stahlknopf zog und sich dabei ganz ganz weit zurücklehnte und redete und schrie und lachte. Und wie sie Pool spielte, sich über den Tisch beugte, auf dem grünen Filz die glänzenden Kugeln anvisierte, den Stock zwanzigmal auf dem Daumen vor- und zurückgleiten ließ, ehe sie wirklich stieß.

Wir spielten und redeten. Draußen goß es jetzt richtig, und wir beschlossen, einen Wettkampf über drei Runden Pool auszutragen. Es kam fast niemand rein, und wir hatten die ganze Bude für uns. Stark. Andrea fragte mich, wie das so gewesen war, meine Kindheit in Vermont, und ich erzählte ihr einiges, überging aber die Sache mit P. Davon erzähle ich niemandem.

Diese Andrea Snyder versteht sich aufs Fragenstellen! Sie nimmt die letzte Antwort, die man ihr gegeben hat, und geht von da aus weiter. Und sie kann sehr gut zuhören. Es war irgendwie fast schon beängstigend, fragt mich nicht, warum!

Also habe ich sie auch ein paar Sachen gefragt, wie es für sie war, als Kind in Boston, und wie es jetzt ist, in Northampton zu leben und eine Mutter zu haben, die am Smith unterrichtet. Ich wollte sie fragen, ob sie ihren Dad überhaupt mal sieht, wußte aber nicht recht, ob ich sollte, also habe ich's gelassen.

Mir scheint es, als ob Andrea mit ihrem Leben ziemlich zufrieden ist. Sie ist nicht besonders scharf drauf, nächstes Jahr aufs Smith zu gehen, aber weil ihre Mutter dort unterrichtet, kriegt sie soviel Ermäßigung bei den Studiengebühren, daß sie es auf jeden Fall probieren will. Sie hat Glück gehabt und hier an der Schule ein spezielles Stipendium für ein Zusatzjahr gekriegt, das sie anscheinend braucht, weil sie ihr am Smith gesagt haben, sie muß erst noch einiges nachholen, bevor sie sich einschreibt. Nicht, daß es ihr an Intelligenz fehlen würde! Sie ist absolut clever! Aber sie sagt, die Schulen, auf denen sie war, waren nicht die tollsten. Deswegen. Und sie sagt, sie war auch nicht gerade begeistert von der Vorstellung, nach Bristol zu kommen, aber es sei eine lohnende Erfahrung, »mal zu sehen, wie die andere Hälfte lebt«, so hat sie's formuliert. Ich habe nicht so recht kapiert, was sie meinte, aber statt verstehend zu nicken, habe ich nachgefragt. Sie sagte: »Ach, na ja, die Reichen, verstehst du, die vor Geld stinken.«

Ich sagte: »Oh.« Verpatzte meinen Stoß total, gab ihr das Queue und platzte dann heraus: »Meinst du mich?«

Sie sagte: »Nein! Dich doch nicht! Du bist anders! Dich meine ich überhaupt nicht!«

Insgeheim dachte ich, ha! aber gesagt habe ich es natürlich nicht.

Irgendwann mittendrin hatten wir den Überblick verloren, wem welche Kugeln gehörten, aber wir räumten den Tisch trotzdem ein drittes Mal ab. Keine von uns wollte schon nach Hause, also rannten wir durch den Regen in die Pizzeria und teilten uns eine kleine Pizza. Ich liebe dieses Lokal, die dampfende Wärme und den Geruch nach frischem Brot und den kleinen Raum und die gemütlichen roten Sitznischen.

Wir aßen, und die Pizza war hervorragend, und da war dieser Moment: Ich kaute vor mich hin und sah Andrea an – die abwechselnd mampfte und mit einem lila Filzstift, den sie in der Tasche gefunden hatte, auf ihrem Papierdeckchen rumkritzelte –, und plötzlich war ich so verdammt glücklich, daß ich kaum an mich halten konnte. Sie guckte zum Glück gerade auf den Tisch. Ich weiß nicht, wie ich ihr den Ausdruck hätte erklären sollen, der wohl auf meinem Gesicht lag.

Wir ließen uns Zeit, aßen langsam, redeten oder schwiegen, als plötzlich – man höre und staune! – Mic reinkam, zusammen mit Mr. Jackson, Mr. Theater in Person. Hm, ich hätte nicht gedacht, daß er Mics Typ ist, er ist irgendwie zu schick. Ich meine das nicht negativ. Ich hätte einfach nur gedacht, daß Mic mehr auf Naturburschen steht. Sie redet allerdings nie davon, daß sie einen Freund hat. Wahrscheinlich meint sie, das gehe niemanden was an. Womit sie vermutlich auch recht hat.

Jackson war viel besser drauf, als ich ihn je im Theaterkurs letztes Jahr erlebt hatte. Er frotzelte rum, während sie auf ihre Pizza warteten, von wegen Ausgangszeiten und Schulordnung – Andrea und ich hätten eigentlich nicht mehr hier im Ort sein dürfen, weil es schon dunkel war, aber Mic und Jackson schien das nicht weiter zu kümmern. Was ich echt cool fand. Aber sie haben uns auf dem Rückweg mitgenommen. Im Auto fragte Mic, was wir gemacht hätten, und Andrea erzählte es ihr, und Mic schien es irgendwie sehr komisch zu finden, daß wir Pool gespielt hatten. Sie lachte los und hörte bestimmt eine Minute lang nicht wieder auf. Vielleicht, weil das nicht die Art von Zeitvertreib ist, der sich Bristol-Schülerinnen normalerweise hingeben. Die sind ja alle so versnobt. Wie gut, daß Andrea nicht so ist! Und daß sie es auch gut findet, daß ich nicht so bin. Vielleicht habe ich ja endlich doch jemanden an dieser Schule gefunden. Jemanden in meinem Alter.

Aber was soll ich Rik erzählen? Verdammt, ich hätte ihn heute morgen anrufen sollen. Aber ich wollte einfach nicht.

6. März 1980, Donnerstag

Samstag fangen die Ferien an! Himmel, wird es meinem verwirrten kleinen Selbst guttun, endlich raus aus diesem Laden zu kommen! Ich brauche ein bißchen Zeit, um die Sache mit Rik klarzukriegen. Im Moment sind meine Gefühle ihm gegenüber total verwurstelt. Aber lassen wir das jetzt, okay? Darüber werde ich schreiben, wenn ich alles auf der Reihe habe.

9. März 1980, Sonntag

Also, wie gesagt, da war dieses Ungetüm, jämmerlich einsam in seinem See. Aber es war nicht immer allein, denn manchmal wurde seine Einsamkeit für einen Nachmittag oder sogar einen ganzen Tag durchbrochen, und zwar von einem wagemutigen Kapitän, den es schon vor vielen Jahren mit seinem kleinen Boot landeinwärts verschlagen hatte. Er erzählte so gern Geschichten von tollkühnen Abenteuern auf den weiten Weltmeeren, und das Ungetüm gewöhnte sich an, zu ihm ins Boot zu klettern, um ihm zuzuhören. Es war gar nicht so riesengroß, eigentlich sogar ziemlich klein, denn verglichen mit ihm war der Kapitän groß und dick. Die Leute denken immer, Ungetüme müßten riesig und scheußlich sein, aber das stimmt nicht.

Sobald das Ungetüm an Bord war, begann der Kapitän, es zu füttern: er schöpfte dicken Haferbrei aus einem mächtigen eisernen Kochtopf und schnitt mit einem schweren Messer mit Eichenschaft Scheiben von dunklem Brot und bestrich sie mit Butter. Das kleine Ungetüm fraß, und er sah ihm zu, streichelte seine schuppigen Flanken mit der flachen Messerklinge, bewunderte seinen langen Hals und sprach von Liebe. Natürlich machte das Messer das kleine Ungetüm nervös, aber es hatte noch nie solch schmeichelnde Worte zu hören bekommen.

Es kam immer wieder und wollte mehr, mehr von dem Brei und den Geschichten und den schmeichelnden Worten. Einmal, spät abends, führte der Kapitän es unter Deck, um ihm seine Kajüte und den großen, rotglühenden Dampfkessel zu zeigen.

So ging es Jahre: Nachmittage am Tisch des Kapitäns, Stunden drunten in dem Raum gleich neben dem ächzenden alten Dampfkessel, begleitet vom Spucken und Seufzen der Flammen und dem Schwappen der Wellen draußen. Herbst, Winter und Frühling vergingen so, und an den Nachmittagen, die es nicht auf dem Boot verbrachte, paddelte das Ungetüm im gleichgültigen Wasser herum, wobei es manchmal zum menschenleeren Ufer hinüberstarrte. Dann strebte es wieder zum Boot zurück...

Eines Nachmittags tauchte eine fremde Gestalt am Ufer auf, und das Ungetüm fühlte, wie ihm unter Wasser Landbeine wuchsen und ein unbekanntes Fieber in seinem Inneren glühte, aber wie konnte es nein zu dem Kapitän sagen, der es gefüttert und gestreichelt und an Bord genommen hatte, als weit und breit am Horizont keine andere Menschenseele zu entdecken gewesen war?

Komm, befahl er, und es gehorchte, was hätte es anderes tun sollen? Aber das Schiff rollte und stampfte an diesem Tag – oder konnte es sein, daß das Ungetüm einfach nicht mehr wußte, wie man auf diesen Planken zu gehen hatte? Und der Weg die knarrende Holztreppe hinunter machte ihm Angst, wie es sie nie empfunden hatte, all die Jahre nicht, und der Heizkessel schien fast zu bersten, und der Kapitän war ein Gewicht, das es niederdrückte, und es konnte sich nicht rühren und hielt den Atem an und flüchtete sich tief ins Innere einer Luftblase, die es in seinem Drachenmaul festhielt – bis der Kapitän heruntergerollt war und es wieder auf die Beine kam und hinaufstürmte, an Deck, ins Freie, wo meilenweit nichts war als Luft und Wasser und weiter blauer Himmel, und es sprang vom Boot, in die mächtigen, trägen Arme des Sees, und die unbekannte Gestalt rief ihm vom Ufer her zu...

10. März 1980, Montag

Wer, ich – deprimiert? Mir scheint, gestern habe ich mehr geschrieben, als ich dachte, daß ich weiß. Ich weiß nicht, wie das zugeht, aber da steht es. Allerdings ist es, als hätte ich es in einer anderen Sprache hingeschrieben. Wahrscheinlich konnte ich nicht anders darüber schreiben, obwohl die Worte auch so fast die Seite versengen! Jedenfalls ist das nichts, worüber ich länger nachdenken möchte, soviel steht fest. Daß ich das gestern von mir gegeben habe, reicht fürs erste.

Heute habe ich im Büro gearbeitet. Es war schrecklich langweilig, und es fiel mir schwer, die nötige Leere in meinem Kopf zu bewahren. Ich hasse es, den ganzen Tag in diesem geschlossenen, luftlosen Raum zu sitzen. Verdammt, die Fenster sind noch nicht mal so konstruiert, daß man sie öffnen kann. Wenn man nach so einem Tag raus auf die Straße kommt, ist die frische Luft wie ein Schock.

Mein Gott, ich bin so down, daß ich es schon vor mir selbst verbergen will. Zum Glück läßt Dad mich bisher in Frieden. Er ist natürlich heilfroh, mich den ganzen Tag malochen zu sehen, gesenkten Hauptes, na, bitte, seine Tochter ist also doch kein nichtsnutziges Faultier.

ich glaube, ich vermisse Andrea.

12. März 1980, Mittwoch

Diese Büroarbeit macht mich alle.

ICH HASSE SIE

Herrgott, ja, ich vermisse Andrea.

Es war so schwer, mich von ihr zu verabschieden. Aber ich konnte es ihr nicht zeigen. Wir standen am Bus, neben diesem dreckigen, zusammengeschmolzenen Schneehaufen, und sie schlotterte in ihrem roten Wildlederhemd. Sie sah so schön aus, wie sie da in der Sonne stand, die Lichtreflexe im Haar, die diese Frische in ihrem Gesicht betonten. Oh, Gott. Aber in meinem Kopf war ein solches Chaos, diese ganze Rik-Geschichte vom Abend vorher. Trotzdem – ich wartete bis zur letzten Minute mit Einsteigen, und als ich dann auf die Metallstufe trat, drängelte dieser Typ von hinten, und ich konnte mich noch nicht mal umdrehen und winken. Als ich auf meinem Platz saß, konnte ich sie nirgends mehr sehen – sie war verschwunden. Wahrscheinlich war sie froh, sich schleunigst verdrücken zu können. Weil ich so merkwürdig war. Ich wette, sie wird mich nicht aus demselben Grund vermissen –

Ich bin zu merkwürdig,
um vermißt zu werden.

13. März 1980, Donnerstag

JUHUUU!

Eben habe ich mit Andrea telefoniert! Toll! Sie hat mich angerufen! Und jetzt fahre ich zu ihr! Du liebe Güte! Ich kann's nicht fassen! Als ich ihre Stimme am anderen Ende hörte, wußte ich schon, daß sie es war, aber irgendwie schien das so unmöglich, daß ich es gar nicht glauben konnte. Aber sie war's. Ich wußte erst gar nicht, was ich sagen sollte, aber dann habe ich gefragt, wie sie mich denn aufgespürt hätte. Sie erzählte, sie habe in Georgeville angerufen und nach der Nummer gefragt. Wir haben darüber geredet, wie unsere Ferien so sind. Ich habe ihr erzählt, wie langweilig es im Büro ist, aber nicht, wie schrecklich ich es finde! Ich will nicht, daß sie denkt, ich wäre wie eine Gewitterwolke! Sie hat gesagt, sie langweile sich auch. Und dann meinte sie, sie habe sich überlegt, ob ich nicht vielleicht zu ihr kommen wolle – »damit wir uns zusammen langweilen können«, sagte sie lachend.

Mein Innerstes tat einen Luftsprung. Oh, Mann, ich sage euch, wenn ich auch keine Gewitterwolke bin, dann aber ein Bündel Sprungfedern, die nur darauf warten loszuschnellen. Warum kann ich nicht gelassener sein? Diesmal kann ich nicht dagegen an. Ich bin so aufgedreht!

Wir können so viel Spaß miteinander haben, wenn ich hinfahre. Das wird so viel besser sein, als allein in Georgeville rumzuhocken.

Es war schon toll, mit Andrea zu telefonieren. Das haben wir noch nie getan; wir haben immer nur leibhaftig miteinander geredet. Aber heute abend war sie eine Stimme in meinem Ohr, eine leichte Heiserkeit, die ab und zu in ein Lachstakkato ausbrach. Sie ist so cool. Ich kann es kaum erwarten, sie zu sehen.

14. März 1980, Freitag

Wie gut, daß es diese Reise gibt, auf die ich mich freuen kann, sonst wüßte ich nicht, wie ich diesen Tag hätte durchstehen sollen. Ich habe ihn auch so kaum überlebt, obwohl ich mich an diese Aussicht klammern konnte. Ich kann's nicht erwarten! Inzwischen habe ich schon zweihundert Dollar hier in diesem Buch liegen.

Ich kann's nicht erwarten, sie zu sehen!!! Ihr Gesicht, diese Augen, ihr Lachen, die Art, wie sie geht, alles an ihr, ich kann's nicht erwarten!!

15. März 1980, Sonntag

Hätte ich mir nicht denken können, daß er es einfach nicht lassen kann, daß wir einfach nicht eine ganze Woche zusammensein können, ohne daß er die große Daddy-Nummer abzieht. Hätte ich's nicht wissen sollen?

Aber es ist mir schnurz, es juckt mich nicht, morgen

bin ich weg von hier. Weg von diesen Predigten über Führungsqualitäten, die ich entwickeln soll, und die Bedeutung des Wettbewerbs für die Heranbildung meines Charakters. Wer will schon einen gottverdammten »Charakter«, wenn er einen nur auf einen Stuhl in einem stickigen Büro bringt, in einer Welt von Leuten, die sich gegenseitig nicht in die Augen schauen können? Das ist doch alles nur ein Spiel, dieses ganze Busineß-Gehabe hier in Downtown, aber er denkt, das sei die einzig wichtige, die reale Welt. Ich weiß, er denkt, Mom werkelt nur so zum Zeitvertreib vor sich hin, mit ihren Keramiken: Ja, Schatz, spiel du nur.

Er saß da mit seinen dichten Augenbrauen und predigte allen Ernstes auf mich ein, daß ich doch so gute Anlagen hätte, daß ich was aus mir machen müsse, daß es eine der größten Enttäuschungen seines Lebens wäre, wenn er sterben müßte, ohne daß ich es zu was gebracht hätte.

Gott!!!!

Er hörte gar nicht mehr auf! Ich saß nur da, der warme Muffin vor mir auf dem Tisch wurde kalt und kälter. Er redete auf mich ein, wie sehr es ihn getroffen habe, daß ich das Hockey aufgegeben hätte, wie verantwortungslos es von mir gewesen sei, mich als Kapitän einfach so zu drücken. Autsch! Das saß! Ich sagte, er sei ja nicht dabei gewesen und wisse gar nicht, wie es dort sei. Er sagte, er wisse sehr wohl, was Verantwortung sei, und sich verantwortlich zu verhalten hieße, nicht einfach abzuhauen und andere im Stich zu lassen. Ich sagte, ich sei nicht abgehauen, ich sei verjagt worden, und er meinte, ich solle nicht alles immer anderen in die Schuhe schieben.

Aber der Punkt ist: Es war kein Fehler! Nur: Wie ihm

das klarmachen? Ich habe es gar nicht erst versucht. Ich habe ihn einfach reden lassen, bis er alles gesagt hatte, was er zu sagen hatte. Vielleicht hätte ich es ja versuchen sollen, aber ich merkte, wie es in mir brodelte und ich kurz davor war, auszuflippen und loszuheulen und nicht mehr an mich halten zu können, und da mußte ich aufpassen. Saß nur da und ließ gar nichts raus. Weil das nichts bringt, so auszuklinken. Vor allem ihm gegenüber ist das tödlich, das weiß ich aus Erfahrung. Ich bin nicht wie Mom; wenn sie sich streiten und Mom anfängt sich aufzuregen, erklärt er ihr, sie sei zu emotional. Er steht dann da wie ein Gletscher, unerschütterlich und eisig. Und sie löst sich in eine wabblige Masse auf.

Aber ich nicht. Ich bin kein Haufen Wackelpudding, der sich nicht zusammenreißen kann.

Und eines Tages, wenn ich wirklich gelernt habe, mich im Griff zu behalten, dann werde ich ihm die Meinung geigen. Dann kriegt er was zu hören. Denn dann werde ich die richtigen Worte finden.

17. März 1980

Ich mag diese Wohnung, die blanken alten Holzfußböden und die großen Fenster, durch die die Sonne reinscheint, die Farben überall an den Wänden, die Trockenblumen auf dem Tisch, diese ganze Zettelwirtschaft am Kühlschrank, Cartoons, Zeitungsausschnitte, Postkarten. Andrea ist unten und duscht, ihre Mutter ist noch aus. Ich bin oben in Andreas Zimmer, diesem Dachzimmer mit den schrägen Wänden. Als Bett hat sie eine Matratze auf dem Fußboden – was meine Mom nie zulassen würde! –, an der Stelle, wo so eine kleine Gaupe ist, mit einem Fenster zur Straße raus. Das ist toll, als Kind würde man sich wie in einer Art Fort fühlen.

Mir geht es auch so, dabei bin ich kein Kind mehr. Es gefällt mir. Ich find's toll hier.

Andrea wartete an der Bushaltestelle; sie trug diese Wollmütze mit dem Rentier drauf. Sie hatte ganz rote Backen, und ich stieg aus, und wir grinsten beide wie die Irren. Dieses Gefühl, als ob ich gleich zerplatzen müßte – ich konnte kaum hingucken. Genug.

Andrea fuhr. Es war ihr eigener Wagen, bezahlt mit dem Geld der Schülerjobs der letzten Jahre. Ein klappriger grüner Ford Pinto, brumm, brumm! Wir fuhren in der Gegend rum, und ich muß sagen, ich war ganz schön schüchtern. Vielleicht ging es ihr ja auch so, ich weiß nicht genau. Dann kamen wir hier an, und sie stellte mich ihrer Mutter vor, die gleich sagte, ich solle sie Lois nennen. Man sieht, daß sie Mutter und Tochter sind – Andrea ist die drahtigere Ausgabe ihrer Mom. Na ja, nicht ganz natürlich, aber sie sehen sich eindeutig ähnlich. Obwohl Lois diesen Wickelrock trug, als ich ankam, und ich Andrea überhaupt noch nie im Rock gesehen habe. Oder im Kleid. Sie ist wohl einfach nicht der Typ dazu. Aber sonst haben sie einiges gemeinsam. Die dunklen Locken und die scharfgeschnittene Nase. Aber Lois' Augen sind braun, braun, braun. Und Andreas Augen – na ja, wie Andreas Augen sind, wissen wir ja schon.

Ich bin so froh, daß ich hier bin! Der Rest der Ferien wird bestimmt nicht so wie der Anfang und auch nicht so, wie meine Ferien sonst immer sind, das spüre ich. Hier wird es zur Abwechslung mal Spaß machen. Auch wenn ich immer noch irgendwie schüchtern bin. Das wird sich bald geben.

18. März 1980, Dienstag

Früh am Morgen, in Andreas Zimmer. Gott, wie komisch, neben jemandem aufzuwachen! Und gestern abend war es auch irgendwie verrückt. Als ob ich mit ihr das Bett teilen wollte und es doch nicht wollte. Beides gleichzeitig!

Was ist denn schon dabei?

Gestern abend haben wir die meiste Zeit am Küchentisch gesessen und Karten gespielt und geredet. Über unsere Kindheit und alles. Na ja, nicht alles. Da ist diese verdammte Philip-Sache, die ich nie jemand erzähle, und außerdem, wer wollte das schon hören? Aber es gibt ja genug andere Sachen, also habe ich die erzählt. Andrea hatte auch einiges auf Lager: wie sie praktisch in Armut aufgewachsen war, weil ihr Dad zuviel trank und immer wieder seinen Job verlor. Und als ihre Mutter ihn dann schließlich verlassen hatte und als Alleinerziehende wieder anfing zu studieren, waren sie immer noch arm.

Ich habe Andrea gefragt, ob sie ihren Dad vermißt – sie trifft ihn nie, hat ihn seit Jahren nicht mehr gesehen, obwohl sie wissen, daß er immer noch in Boston lebt, und er ihr manchmal zum Geburtstag eine Karte mit einem Fünfer drin schickt. Sie sagt, nein, eigentlich vermisse sie ihn nicht, weil er meistens nicht besonders nett war, aber manchmal vermisse sie die schönen Momente mit ihm, als sie noch ganz klein war und sie Spaß zusammen hatten. Die Momente, wenn er ihr Sachen mitbrachte und mit ihr rumtollte.

Aber sie sagt, ohne ihre Mutter wären sie nie da, wo sie jetzt sind. Ich glaube, Lois ist ganz schön ehrgeizig. Sie ist unglaublich klug. Ganz alleine hat sie eine Menge geschafft, ihr Studium durchgezogen, ihren Doktor in

Anthropologie gemacht und dann auch noch diesen Job am Smith ergattert. Ich habe Andrea gefragt, ob ihre Mutter will, daß sie auch so was wird wie sie, Professorin oder so. Andrea hat gesagt, sie glaubt nicht, daß das ihrer Mutter so wichtig sei.

»Aber ist es ihr denn recht, wenn du Künstlerin wirst?« Das war's, was ich wissen wollte. Andrea hat lachend gesagt: »Meine Mutter hat nichts dagegen, daß ich Künstlerin werde, sie will nur nicht, daß ich eine brotlose Künstlerin werde!« Und wir mußten beide schrecklich lachen. Als ob da bei uns beiden irgend etwas ankam, was ich nicht genau benennen kann, was aber genügte, um mich losprusten zu lassen. So ist das, wenn ich mit Andrea zusammen bin: Wir sind uns einig über irgendwas, was ich nicht genau zu fassen kriege. Und trotzdem ist es genug. Mehr als genug!

19. März 1980, Mittwoch

Heute waren wir in Emily Dickinsons Haus. Ihr Zimmer war so still und leer und trotzdem ganz und gar erfüllt von ihrer Gegenwart, dieser vibrierenden Intensität, als ob sie im Raum schwebe. Ich hätte mich auf dem kleinen Bett ausstrecken und den ganzen Tag von ihr träumen können. Andrea schien das auch so zu empfinden.

Dann wieder draußen im Auto: warme Frühlingssonne, die Straße, die in Wellen unter uns wegglitt und sich uns entgegenwölbte, der Mount Tom und die Aussicht, die Blicke, die wir wechseln, wenn wir etwas sehen und es ist, als ob wir beide wüßten, ja, das ist so, das ist das.

Aber wir haben auch geredet. Wir reden und reden, und es fließt wie ein Fluß zwischen uns.

Sie: drahtig, wach, Energie, Energie, Energie. Intensität, schwarze Locken, das Leuchten auf ihrem Gesicht, grünblaue Augen, die mich mustern, sich weit öffnen, schmal werden, wenn sie irritiert ist. Kräftige Hände – das ist mir heute erst aufgefallen. Ich weiß nicht, wie mir das so lange entgehen konnte. Vielleicht ist es nicht das einzige, was mir entgangen ist.

20. März 1980, Donnerstag

Wieder ein Morgen. Sie schläft gern lange. Ich sehe ihr gern zu. Das ist die einzige Situation, in der das richtig möglich ist, ganz aus der Nähe; irgendwie kann ich sie gar nicht genug anschauen. Als ob da etwas ist, was ich zu sehen versuche, ohne zu wissen, was. Aber nach einer Weile mußte ich doch aus dem Bett springen und mir dieses Buch hier schnappen. Ich wollte nicht, daß sie mich sieht, wie ich auf den Ellbogen gestützt neben ihr liege und schaue und schaue. Vermutlich sollte ich das nicht tun. Und schon gar nicht drüber schreiben.

Aber es ist Zeit zu schreiben, Zeit, mich beim Schreiben zu sammeln, mich zusammenzuraffen. Heute abend werde ich Mom anrufen und ihr sagen, daß wir morgen kommen und bis Sonntag bleiben. Dad wäre wohl nicht besonders begeistert von der Vorstellung, daß wir allein so weit fahren, aber das läßt sich regeln, indem ich es ihm einfach nicht erzähle. Ich glaube nicht, daß Mom irgendwas dagegen hat, sie sagt doch immer, ich sollte öfters mal Freundinnen mitbringen.

Andrea ist meine beste Freundin. Die allerbeste. Ich bin so gern mit ihr zusammen. Sie ist die beste Freundin, die ich je finden kann. Das ist es wohl, was die Leute unter Sich-nahe-sein verstehen. Das sind meine Gefühle ihr gegenüber. Und ihre Gefühle mir gegenüber –?

Aber da ist auch noch dieses andere Gefühl, das ist schwer zu beschreiben. Weil – wenn ich diese Gedanken denke, wenn ich versuche, darüber zu schreiben, dann ist da dieses Etwas in meinem Bauch, diese Sprudelblasen, die manchmal anfangen, wie wild zu bitzeln. Wann? Oh ------ oh, ich weiß wann, dann. Dann, dann, dann, wenn, wenn, wenn!

Oh Gott, es bitzelt schon, wenn ich nur drüber schreibe.

21. März 1980, Freitag

Gott, diese Sache da gestern abend!

Lois hat uns zum Pizzaessen ausgeführt, was ganz toll war. Sie ist so klug, und sie kennt sich irre gut aus in Urgeschichte und Vorgeschichte und Stammesgesellschaften und so was, dieses ganze Margaret Mead-Zeug. Und sie bezeichnet sich als Feministin, also ist Feministinsein vielleicht doch etwas Respektableres, als ich immer gedacht habe.

Na, jedenfalls, hinterher – stöhn! – gingen wir noch in dieses Eiscafé, und das Eis war einfach phantastisch. Wir saßen da an unserem Tisch und leckten unser Eis, und drüben in der entgegengesetzten Ecke saßen diese beiden Frauen, College-Studentinnen oder so was. Sie sahen gar nicht viel anders aus als Andrea und ich, ich meine, sie waren auch in Jeans und Sweatshirts. Aber eindeutig älter als wir. Nicht viel, aber doch. Wie auch immer, sie amüsierten sich jedenfalls bestens, lachten die ganze Zeit, ließen sich gegenseitig an ihrem Eis lecken. Ich beobachtete sie. Ich beobachte immer gern Leute, wenn ich ausgehe. Ich versuche dann, mir ihre Geschichte auszudenken.

Okay, ich guckte also rüber. Andrea und Lois offenbar nicht. Jedenfalls glaube ich nicht, daß sie gesehen haben, was ich sah.

Nämlich: Etwas von dem Eis der Dunkelhaarigen fiel aus dem Waffelhörnchen und klatschte auf den Tisch, und die mit den ganz kurzen Haaren sagte »Oh!« und versuchte, den dunklen Klumpen Eis mit dem Löffel aufzuheben, aber er flutschte weg und landete statt dessen auf dem Schoß der Dunkelhaarigen. Das fanden sie unheimlich lustig. Sie lachten und lachten und lachten. Ich mußte auch lachen, aber nur innerlich, und Andrea und Lois redeten über irgendwas. Und ganz plötzlich, aus dem Nichts, beugte sich die Kurzhaarige vor und küßte die andere Frau!!!!!! Auf den Mund. Richtig. Kein freundschaftliches Küßchen oder so was, das steht fest. Es war eindeutig ein erotischer Kuß! Als ob sie's gleich auf der Stelle treiben würden oder so was, so hat es geknistert.

Ich konnte es kaum glauben. Ich muß wohl auch hingestarrt haben, denn die Kurzhaarige guckte rüber und mir genau ins Gesicht, ganz cool und gelassen. Ich habe natürlich total verlegen weggeguckt. Und dann hat Lois mich irgendwas gefragt, und ich mußte zurückfragen »Hä? Was?«, weil ich so von der Rolle war.

Aber das war noch nicht alles. Als sie gingen, winkte Lois ihnen freundlich zu, und sie winkten zurück. Lois sagte, es seien Studentinnen von ihr! Ich konnte es nicht fassen! Ob sie das weiß? Ich traute mich nicht, irgendwas zu sagen. Ich meine, würde sie sie immer noch mögen, wenn sie das wüßte? Vielleicht würde sie sie aus ihrem Kurs werfen oder so was?

Ich bin nur froh, daß Andrea nichts mitgekriegt hat. Sie würde womöglich sonstwas von mir denken, wenn sie gesehen hätte, wie ich rübergestarrt habe. Ich meine, ich mag Andrea unheimlich gerne und möchte mit ihr zusammensein und alles – aber das, das ist was anderes. O Gott, es macht mich total kribblig, nur darüber zu schreiben, wie das Gebitzel in zwanzigmal schlimmerer Ausführung. Vielleicht reicht das jetzt sowieso erst mal für heute morgen. Wir sollten bald mal aufstehen, damit wir loskommen.

Meine Güte, hat diese Frau einen Schlaf!

22. März 1980, Samstag

Was ist das für ein elendes, konfuses Gefühl, das mir heute morgen in den Knochen steckt? Seltsam – wie Nachwirkungen dieses Traums, der mich heute nacht verfolgt hat, von Kit. Stundenlang immer derselbe Alptraum, daß sie weggelaufen ist, aber diesmal renne ich raus in die Dunkelheit, um sie zu suchen. Ich renne und renne und renne, und gerade wenn ich denke, ich finde sie nie und die Nacht wird auch mich verschlingen, dann höre ich sie. Sie sitzt auf einem Baum und kann nicht runter, maunzt, aber der Baum steht in einem unglaublich dichten Wald, und ich kann nicht erkennen, auf welchem Baum sie ist, und ich renne hektisch herum und verrenke mir den Hals, um sie sehen zu können. Aber ich sehe sie nicht, und ich heule, und sie maunzt, und ich kann ihr nicht helfen. Ich kann ihr nicht helfen.

Schauder.

Vielleicht mal was Heitereres, wie wär's? Vielleicht dieses Abendessen gestern? Es war toll, weil Mom Andrea auf Anhieb mochte. Na klar, wer sollte sie auch nicht mögen, aber trotzdem, sie hat sie gleich ins Herz geschlossen. Hat ihr lauter Fragen gestellt, über ihre Skulpturen, und Andrea hat Sachen über ihre künstlerischen Aktivitäten gesagt, die ich noch nie von ihr gehört habe. Klar, ich bin ja auch keine Künstlerin, aber Mom, und deshalb konnte sie Fragen stellen, auf die ich nie gekommen wäre.

Aber es war lustig. Man sollte doch meinen, ich hätte beim Aufwachen besserer Laune sein müssen, weil alles so gut gelaufen ist. Ich weiß nicht. Vielleicht bin ich einfach allergisch gegen diesen Ort und diese Wirrheitsanfälle, die ich hier kriege.

23. März 1980, Sonntag

Schon wieder so ein Morgen, der mich viel zu früh überrumpelt. Ich will nicht mehr hier sein. Ich habe wieder von Kit geträumt, anscheinend stundenlang. Und was ich auch tat, ich konnte sie einfach nicht finden. Zwischendurch war ich ewig wach und habe versucht, reglos dazuliegen, obwohl mein ganzer Körper gejuckt und gezuckt hat, während ich Andreas ruhigen Atem neben mir hörte. Ich glaube nicht, daß sie wach geworden ist. Es war ein komisches Gefühl. Aber es ist sowieso komisch hier oben auf dem Berg, es ist, als ob das Haus leer wäre, auch wenn Leute da sind, und wenn ich hierbleibe, ist jede Nacht nur ein wirres Geträume von dunklen Wäldern. Von Kit, die für immer verloren ist.

Vielleicht kriege ich Dad ja dazu, mir im Sommer einen von diesen Wildnis-Trips zu spendieren. Oder sonstwas, irgendwas. Wenn ich hierbleibe, verrotte ich. Wenn nicht Schlimmeres.

Kotz. Ich fühle mich so beschissen. Gestern haben wir Langlauf gemacht, den Berg hinterm Haus rauf, und ich hatte regelrechte Halluzinationen. Ich konnte Andrea nichts sagen, ich kam mir total verrückt vor. Aber es war, als ob hinter jedem Baum jemand lauerte. Jemand? Wer? Ein Mann, ich glaube, ich weiß, wie er heißt.

Herrgott! Ich will raus aus diesem Wald!

24. März 1980, Montag

Es war komisch, so ein merkwürdig leeres Gefühl, heute morgen aufzuwachen, ohne daß sie an meiner Seite schlief. Es ging nicht mal darum, daß mir unsere Morgengespräche fehlten, obwohl das sicher auch der Fall gewesen wäre, wenn ich so weit gedacht hätte, – es war einfach dieses Gefühl, daß mein Körper gewöhnt war, ihren Körper da neben sich zu haben, und daß da jetzt einfach nur Leere war.

Aber jetzt sind wir hier, an der Schwelle dieses gloriosen letzten Schul-Frühjahrs, und es hat sechs Grad, und eben gerade, in dieser Englischstunde, verkündet uns Mic, daß wir die nächsten zwei Wochen jeden Tag einen Klassenaufsatz schreiben werden. Damit wir fit für die Abschlußklausuren sind. Sehr spaßig. Haben wir nicht schon genug von diesen verdammten Tests geschrieben?

Offenbar nicht.

Aber dieser spezielle Teil meiner Zukunft rückt unaufhaltsam näher, und viel zu schnell – im April kommen die Antwortschreiben von den Colleges, und was wird im Sommer sein? Ich weiß nicht. Ich weiß gar nichts. Ich will auch gar nichts wissen.

25. März 1980, Dienstag

Heiliger Strohsack. Ich bin die ganze Zeit so nervös, wenn ich drüben im Schulgebäude bin! Ich verstecke mich und spähe in alle Richtungen, ob Rik kommt und wo ich hinhechten kann, falls ein Kopf oder Arm auftaucht, an dem der Rest von ihm dranhängen könnte. Ich fühle mich wie ein Waschbär im Mais, den jederzeit die Hunde aufstöbern können.

Bin ich paranoid oder was? Rik ist doch schließlich kein Schlägertyp. Es ist mein Problem, ich bin einfach so schreckhaft. Ich bin mir noch nicht mal sicher, ob er überhaupt gemerkt hat, daß ich ihn noch nicht angerufen habe. Oh Gott, ich will ihn nicht sehen, ich will es ihm nicht sagen. Er hat es ja nicht so gemeint – ich bin einfach zu empfindlich. Aber trotzdem – ich will nicht mehr, das steht fest. Nie mehr, nie mehr. Aber wie soll ich ihm das erklären? Ich kann es ihm nicht sagen, unmöglich. Er wird mich für ein Baby halten. Oder einfach eine blöde Zicke.

27. März 1980, Donnerstag

Also. Ich gehe in den Unterricht, schleiche herum wie ein Schatten. Als Andrea mich heute nach der Wirtschaftslehrestunde am Ellbogen berührt hat, bin ich vor Schreck einen Meter hochgesprungen.

Sie war ganz betroffen, das sah man. Und ich kam mir vor wie der letzte Idiot, der letzte Schisser. Ich weiß nicht, ich kann das kaum aushalten. Ich bin so komisch. Innerlich komisch, was ich ja irgendwie gewöhnt bin, aber auch komisch Andrea gegenüber, was ich selbst nicht ertragen kann. Wenn sie mein Komischsein einfach irgendwann satt hat? Wenn einem die beste Freundin auf die Schulter tippt, dann schießt man doch nicht hoch wie von der Tarantel gestochen.

Ich bin so komisch. Und schrecklich bibbelig. Die ganze Zeit. Ich will nur weg hier, raus hier. Ich kann nicht mehr.

28. März 1980, Freitag

Heute nach Englisch rief mich Mic zu sich. Sie hatte uns unsere Aufsätze von Dienstag und Mittwoch zurückgegeben, und meine waren nicht so besonders. Dieser Mic entgeht aber auch nichts. Sie wartete, bis sich das Klassenzimmer geleert hatte, und wollte dann wissen, ob alles in Ordnung sei. Ich schwang meinen blauen Rucksack von einer Schulter auf die andere und konnte sie nicht ansehen. Na ja, solange es nur um die Qualität meiner Aufsätze geht – ich glaube es nicht, aber sie hat nicht weiter gebohrt, nur gemeint, sie finde, ich sähe so müde aus, meine Aufsätze seien so fahrig, und ob irgendwas sei.

Ich redete wild drauflos. Ich sagte, ja, ich sei müde, und ich sei im Moment auch ziemlich kribblig, weil ich endlich aus Bristol raus wolle und die nächste Etappe in Angriff nehmen. Diese Antwort schien ihr zu gefallen; sie lächelte und fragte, was denn die nächste Etappe sein solle. Ich kam ins Stottern, sagte, ich wisse es nicht, egal, irgendwas, solange es nur weit weg von Bristol sei. Ihr Lächeln verschwand etwas; ich vermute, in diesem Moment fing sie an, mich wirklich zu sehen, zu merken, daß da tatsächlich irgendwas ist. Sie hat ja recht. Aber ich will nicht, daß sie das sieht. Ich darf es mir nicht anmerken lassen!

Uff. Sie sagte, sie könne dieses Gefühl verstehen, und dann kamen zum Glück ein paar Kids aus ihrer nächsten Klasse rein. Ich schaute zu ihnen rüber, sah Eliot Rutherford seine lange schlaksige Gestalt auf eine der Bänke schwingen, und da Mic durch die Unruhe den Faden verloren hatte, konnte ich gehen. Was ich auch schleunigst tat.

Ich frage mich, was sie denkt. Sie ahnt doch wohl nicht...

Nein, ich wüßte nicht, wie sie darauf kommen sollte. Aber heute nachmittag in dieser riesigen neuen Turnhalle, als wir in Williams' Hallen-Softballkurs in der einen Hälfte herumtobten und das Mädchen-Lacrosse-Team auf der anderen Seite des festen Netzes unter lautem Gebrüll Bälle hin- und herschlug, da meinte ich ein paarmal, Mics prüfenden Blick durch das blaue Gitter zu mir herüberwandern zu sehen. Vielleicht ja doch.

Keine Ahnung. Null Ahnung.

31. März 1980, Montag

Was ich schreiben kann, ist das mit Andrea – wie ich gestern plötzlich bei ihr auftauchte. Sie war auf ihrem Zimmer, zum Glück, saß auf dem Bett, ihren Skizzenblock vor sich. Ich muß wohl einen ziemlichen Anblick geboten haben, wie ich da in ihrer Tür stand; ich weiß nur, daß sie mein Gesicht sah und meinen halbaufgelösten Zopf, und daß sie aufstand und mich an der Hand nahm, reinzog und die Tür zumachte.

Ich saß zuerst auf ihrem Bett, kaum fähig zu reden, aber dann mußte ich mich hinlegen. Mein Rücken – ich mußte mich flach ausstrecken. Ich wollte laut losjaulen, richtiggehend AUSFLIPPEN, aber das ging ja nicht. Na ja, das stimmt auch wieder nicht, denn ich hab's dann doch getan, aber nur ein ganz kleines bißchen. Ich gab komische Töne von mir, weil ich nicht richtig atmen konnte, und vergrub den Kopf in ihrem Kissen. Lieber Gott, bloß nicht heulen! Andrea legte die Hände auf meinen Kopf, ließ sie einfach nur dort liegen. Schließlich schaffte ich es, eine Ladung Luft zu schnappen. Ich fragte sie, in ihr Kissen murmelnd, ob sie mir den Rücken massieren könnte. Ganz schön verwöhnt, was?

Tja – ich bekam wohl die beste Rückenmassage meines Lebens. Sie sagte immer wieder: »Herrje, bist du verspannt!« Und bearbeitete zuerst ein Knäuel von Knoten mit ihren kräftigen Händen und suchte dann ein bißchen höher oder tiefer die nächste Stelle, und wenn sie wieder bei der ersten ankam, war die schon wieder hart. So verknotet, daß ich bei der leisesten Berührung zusammenzuckte.

Aber nach einer Weile wurde es besser.

Wir redeten eine ganze Zeitlang gar nicht, aber dann

hörte ich mich plötzlich aus dem Nichts heraus sagen: »Ich, äh, hatte so eine Art Streit mit Rik.«

Ich fühlte ihre Hände für einen Sekundenbruchteil innehalten, dann sagte sie: »Hmm, Streit mit Rik.«

»Ja«, sagte ich. Vakuum. Alle erdenklichen Möglichkeiten drängten in das kleine Zimmer. Ich mußte diesen Drang stoppen. Ich sagte: »Na ja, wir sind befreundet, weißt du.«

»Ja, im Herbst hast du oft was mit ihm gemacht.«

Ich sagte, ja, das hätte ich. Und dann mußte ich noch eins draufsetzen.

»Ich – na ja, ich war bei ihm, und irgendwie ging es schief.« Oh Gott, ich war mir sicher, es würde nicht klappen, ich wußte nicht, wie ich es wieder in den Griff kriegen sollte, in der nächsten Sekunde würde alles auffliegen, nein nein nein nein, nicht nicht nicht, ich weiß nicht, wieso ich überhaupt hier in diesem Buch irgendwelche Fitzelchen herauslasse. Ich weiß, ich sollte es nicht tun. Ich lag da, und alles fing wieder an sich zu drehen, und der Nebel breitete sich in meinem Kopf aus, wie Algen, die einen See ersticken. Wir hörten auf zu reden, ich brauchte nichts mehr zu sagen, gar nichts. Und es war, als ob ihre ganze Person in ihre Hände strömte und von da in meinen Rücken – und irgendwie hielten mich ihre knetenden Hände davon ab davonzutrudeln. Denn das passiert mir, daß ich davontrudle, in die Stratosphäre, verloren im Weltraum.

Tja. Wir gingen nicht zum Abendessen, sie begleitete mich später in die Snack-Bar. Sie war so toll – da hockte ich, so müde und so weggetreten, und sie störte sich gar nicht dran, saß einfach bei mir, nahm es ganz ruhig hin. Sie ist echt die Allertollste.

ERSTER APRIL 1980, Dienstag

Lange wird sie das bestimmt nicht mehr mitmachen. Heute sitze ich nach dem Softball mit ihr in der Snack-Bar, in einer Nische für uns allein, und plötzlich, zack, ist da wieder nur noch dieser Nebel. Und dann packt Andrea plötzlich mein Handgelenk, um den Trommelwirbel zu stoppen, den ich mit dem Löffel auf der Tischplatte schlage. Als ob sie sagen wollte, He! Wach auf! Sie guckt mir direkt in die Augen. »Stevie, hey, Stevie, bist du noch da?«

Das Problem war nur: ich war nicht mehr da gewesen. GAR NICHT. Aber das konnte ich ihr nicht sagen! Ich starrte sie einen Moment lang an, wie ein kleines Tier, über das man plötzlich im hohen Gras stolpert und das einen mit starren, glasigen Augen anguckt. Aber ich kenne sie doch, ich kenne sie! Egal, spielt keine Rolle, ich drifte trotzdem weg, weit weg, sehe gar nichts mehr von hier . . . ihr, wollte ich sagen, aber das ist ja jetzt sowieso dasselbe, oder?

Okay, ich glaube, ich habe mich immer schon auf diese Weise verdrückt, mich einfach abgeseilt, tschüüs. Ich tu's, wenn mir danach ist. Wenn der Unterricht langweilig ist – zack! Weg bin ich! Und ich habe es auch in anderen Situationen getan, wenn Schlimmeres im Gange war. Ich brauche das wohl nicht näher auszuführen.

Aber jetzt passiert es auch dann, wenn ich es nicht will! Und wie! Ich bin weg, bevor ich es überhaupt mitkriege, schwupp! Verdammte Scheiße, ich muß verrückt sein, das klingt alles so irre, diese Wegdrifterei, ich habe wohl einen Dachschaden oder was. Ich muß das irgendwie in den Griff kriegen. Wenn es so weitergeht, lande ich noch in der Klapsmühle. Verdammt, ich weiß nicht, was ich machen soll. Bestimmt ist es schon Bettgehzeit. Vielleicht ist das ja das beste: ins Bett gehen, Augen zumachen, schlafen, nicht so verflixt viel drüber nachdenken, weil es davon nur immer schlimmer wird. Wenn man nicht drüber nachdenkt, vielleicht geht es dann weg –?

2. April 1980, Mittwoch

Oh Gott, heute ist mir das schon wieder passiert, als ich mit ihr zusammen war. Was bin ich doch für ein verkorkster Freak. Ich bin nicht ganz dicht, eben bin ich noch bei ihr, und im nächsten Moment bin ich weg.

Ich hasse das. Nein – ich hasse mich. Ich kann einfach nicht normal funktionieren. Hab's noch nie gekonnt. Ich glaube, bei mir ist einfach irgendwas kaputt. Ich meine, irgendwie weiß ich schon lange, daß das mein Problem ist. Aber jetzt merkt man's! Ich kann nicht mehr so tun als ob. Vielleicht ist das ja der Grund, warum ich mich zur Zeit dauernd abseile.

4. April 1980, Freitag

Vielleicht ist es ja so, daß es erst mal abwärts geht, bis man ganz unten ist, und dann wieder aufwärts. Heute geht es mir besser, irgendwie scheint das Schlimmste vorbei. Ich wünschte, ich könnte mir erklären, warum. Typisch ich: dem Frieden nie trauen. Es verzog sich – wann? Irgendwann heute nachmittag, es war, als ob ich mein Essen wieder schmecken könnte.

Und dann, heute abend, war ich noch mit Andry und unseren beiden Lieblingsfreundinnen im Café-Raum. Unser abendliches Kaffeestündchen. L & D haben mich gefragt, wo ich denn gesteckt hätte, aber sie haben nicht weiter nachgebohrt, und es war okay. Gottseidank. Ich saß mit ihnen dort am Tisch und fühlte, wieviel leichter mir innerlich war. Ehrlicherweise muß ich allerdings dazusagen, daß ich trotzdem ein bißchen nervös war. Ich bin immer noch so stabil wie ein Klacks Wackelpudding.

Aber immerhin, da saßen wir, alle vier an einen Zweiertisch gequetscht, vor uns koffeinfreien Kaffee in dickwandigen Tassen. Die Tische sind über die Ferien neu gestrichen worden und strahlen jetzt in grellstem Signalrot. Irgendwas war da, irgendwas an diesen Farben – die strahlend weißen Tassen, die gnadenlos roten Tische, das quittengelbe Tuch in Andrys dunklem Haar.

Sie war's. Irgendwas ist an ihr...! Ach, wer hätte das gedacht! Aber ich weiß trotzdem nicht, wie ich das beschreiben soll. Na gut – erst mal was anderes: Duncan raucht. Das ist etwas, was ich beschreiben kann: die Art, wie Duncan raucht. Es ist ihr völlig schnurz, was irgendwelche Leute dazu sagen; das sieht man daran, wie sie die Zigarette im Mund hält, seitlich im Mundwinkel. Diese Frau ist so cool, das gibt's gar nicht. Sie trägt immer Jeans oder schwarze Hosen und dazu Hosenträger und Westen und Army-Blousons, alles gerade noch im Rahmen des Zulässigen. Sie ist keins von diesen grazilen, goldlockigen Westchester-Girls. Die Schule hätte sie nie aufgenommen, aber sie ist Mr. Music Bob Duncans Tochter, also darf sie auf diese Schule gehen. Umsonst.

Jedenfalls, wir saßen also um diesen winzigen knallroten Tisch. Ich war einfach froh, daß ich da war, ein bißchen festen Boden unter den Füßen spürte. Was – wenn ich's recht bedenke – vielleicht schon heute morgen in Englisch angefangen hat. Das war auch das, worüber wir hauptsächlich geredet haben – die Englischstunde heute morgen, in der Mic uns vorgehalten hat, unsere Aufsätze seien »unerträglich gestelzt, nichts als totes Geschreibsel«. Na ja. Liddy sagte, ihr sei schleierhaft, was Mic denn von Prüfungsaufsätzen erwarte. Natürlich würden wir die anders schreiben als normale Klassenaufsätze für Mic.

Liddy ist witzig – so locker und gleichzeitig so clever, vor allem, wenn sie argumentiert und ihre Hände graziös durch die Luft fahren, um ihre messerscharf auf den Punkt gebrachte Meinung zu unterstreichen. Ich kann nicht sagen, daß ich immer ihrer Meinung wäre, aber sie ist blitzgescheit.

Na, okay, Liddy sagte also, Mic sei anders als andere Lehrer, weil sie wolle, daß in unseren Aufsätzen dauernd »ich« stünde. Aber den Prüfungskorrektoren seien unsere kleinen Ichs schnurz, und weil das so sei und wir das wüßten (und wir wissen es nur zu gut, da gebe ich ihr recht!), würden wir für sie natürlich einen förmlicheren Stil wählen.

»Da kommt man doch mit dieser ewigen Selbstbespiegelung nicht durch«, sagte Liddy und beugte ihren gertenschlanken Körper über den Tisch. »Stevie, du warst doch in der Redaktion vom *Wisch*, hat es dir da nicht gestunken, dieses ganze Geschwätz in der ersten Person? Ich, ich, ich!! Mein Gott, diese wichtigtuerische Nabelschau! Das reicht einem doch fürs Leben!«

Irgendwas paßte mir nicht an ihrem Argument. Ich wandte mich Andrea zu, aber die hielt den Mund, wartete vermutlich ab, was ich sagen würde. Ich weiß nicht, ich dachte, Mic hätte etwas anderes gemeint. Sie ist doch nicht blöd, und sie hält uns auch nicht dafür. Sie ist doch nicht auf narzißtische Ergüsse scharf, es geht ihr darum, der Frage näher zu kommen, wie es sich anfühlt, lebendig zu sein. Sie versucht, an das heranzukommen, was wirklich ist. Ich habe versucht, das Liddy wenigstens ansatzweise zu erklären, ohne zu viel von mir selbst preiszugeben. Es überzeugte sie nicht besonders, das war klar. Andrea und Duncan saßen zurückgelehnt da, grinsten leise hinter ihren Kaffeetassen, warteten wohl ab, wie weit wir unseren Disput noch treiben würden.

Aber Liddy muß ja nicht meiner Meinung sein. Schon okay. Mir ist nur wichtig, daß ich heute morgen mit dem Gefühl ins Klassenzimmer ging, daß es mir egal war, ob ich lebte oder tot war. So schrecklich war es. Es war zwar auch vorher schon schrecklich gewesen, aber heute morgen konnte ich mich nicht mal mehr durchmogeln, ich brachte kaum noch ein mühsames Lächeln für Andrea zustande, saß einfach nur da und war gerade im Begriff, für den Rest der Stunde zu einer Weltraumodyssee wegzudriften, als Mic meinen Aufsatz vor mir auf den Tisch fallen ließ. Ich sah auf, und sie ging im Klassenzimmer herum, ohne viel zu sagen, aber ich spürte, wie sich das Unwetter in ihr zusammenbraute. Normalerweise macht mir so was angst: Oh je, jetzt sind wir dran. Heute morgen konnte ich mich nicht mal soweit bringen, Angst zu haben. Aber es hat mich immerhin auf diesem Planeten festgehalten.

Na, jedenfalls, Mic ging wieder nach vorn, und es brach los, Donner, Blitz und Hagelsturm. Aber das Komische war: Es war nicht einfach ein spontaner Wutausbruch, sondern so gottverdammt beherrscht, daß ich es kaum fassen konnte. Sie klatschte uns nicht einfach alles um die Ohren, sie erfüllte den ganzen Raum, um uns herum, über uns, unter uns, die Atmosphäre war aufgeladen und dann plötzlich verändert, wie nach einem reinigenden Gewitter. Ein wahres Mordsdonnerwetter.

»Wo seid ihr alle abgeblieben?!« Sie marschierte durch den Raum und sah uns dabei ins Gesicht, jedem einzelnen von uns dreizehn. Ich guckte zurück, mußte einfach, obwohl ich ganz hinten saß, mußte sie ansehen, ihren Blick erwidern, als sie vorbeiging, ein Moment des Sehens – sie, die in mich hineinsah, und irgendwie ich, die in sie hineinsah, und ich sah etwas Wütendes und noch etwas, fast wie eine Frage, ein Forschen, etwas, das mich zu ihr emporhob, um mich gleich darauf wieder zurücksacken und den Blick senken zu lassen. Das war mir genug!!

Als sie wieder vorn angelangt war, kam die nächste Salve: Wieso wir auf einmal wieder in diese steife konventionelle Schreiberei zurückgefallen seien, uns wieder auf dasselbe »ungefährliche Terrain« geflüchtet hätten, auf dem sie uns im Herbst vorgefunden habe. Niemand sagte was. Ich glaube, ein paar von uns waren sauer, so wie Liddy, aber ich saß da und sog alles in mich rein, und irgend etwas in mir erwachte. Dann ließ sie vorerst locker, und der Unterricht ging weiter. Es kam zu einer ziemlich guten Diskussion über die Sachen, die wir für heute hatten lesen sollen. Aber mir war klar, daß es Mic immer noch gewurmt hat, und ich glaube, ich kann das verstehen.

»Hör mal, Liddy«, sagte ich im Café-Raum, wobei ich mich meinerseits über den Tisch beugte und versuchte, meinen Ellbogen nicht in den Aschenbecher zu titschen, »du weißt doch noch, was sie gesagt hat, von wegen: beim Schreiben im eigenen Erleben drin bleiben? Das Innere nach außen kehren? Das heißt doch nicht unbedingt Selbstbespiegelung, das heißt doch, authentisch sein.«

Aber Liddy war nicht besonders beeindruckt. »Klingt toll«, sagte sie lahm, »aber bringt mir das eine Eins in der Abschlußklausur?«

Langsam dämmerte mir, daß Liddy und ich vielleicht einfach von zu verschiedenen Ausgangspunkten kamen, um innerhalb eines Abends an einem roten Tisch zu einer Annäherung zu finden. Authentisch sein kann einem eine Eins in der Abschlußklausur bringen oder auch nicht. Ich weiß nicht, ob eine Eins in der Abschlußklausur der oberste Maßstab sein sollte. Da ist doch noch was anderes, etwas, was mir viel ZENTRALER scheint. Es war heute in Mics Augen, im Schwung ihres Mundes, in der Art, wie sie die Hand auf ihre Brust schlug, krach, mitten drauf, und sagte: »Von hier müßt ihr schreiben, von hier.«

Ist das nicht irgendwie genau das, was ich die ganze Zeit versuche, hier in diesem Buch? Du weißt genau, daß es das ist.

5. April 1980, Sonntag

Hier & Nicht-Hier: Stück für zwei Stimmen

HIER: (schweigt)

NICHT-HIER: So ist's recht. Sag's nicht. Braves Mädchen.

HIER: (schweigt)

NICHT-HIER: Drifte weg, schweb davon, immer weiter, weiter, weiter, weiter ...

HIER: Hmmmmmmmmm ...

NICHT-HIER: ... ins weite blaue Nichts ...

HIER: ... dieses Gesicht ...!

NICHT-HIER: Komm schon! Komm! Weißt du nicht mehr? Die Weite des Weltraums erwartet dich. Komm mit mir auf die Reise!

HIER: Dieses Gesicht, ihr Gesicht, guck doch mal!

NICHT-HIER: Verdammt noch mal, was hab ich dir gesagt? Ich habe dich für gescheiter gehalten, du dummes kleines Ding! Nebel über dich!

HIER: Oh ... oh ...

NICHT-HIER: Nichts ohhh! Nebel über dich! Nebel Nebel Nebel! Schwiemelschwummerschwadennebel!

HIER: Ich kann nichts sehen, ich kann nichts sehen!

NICHT-HIER: Nebel, Nebel, das ist es, was du verdient hast! Mein Gott, sehen – was für eine Furzidee! Wo soll das hinführen!

HIER: Aber ich will sehen! ich will ihr Gesicht sehen! Tu mir das nicht an!

NICHT-HIER: Aber, aber, Schätzchen, du weißt doch, ich meine es nur gut mit dir!

HIER: Gut? Es fühlt sich aber nicht gut an!

NICHT-HIER: Oh, mein kleines Häschen, hast du's vergessen? Es gibt Dinge, die sich viel schlimmer anfühlen! Deshalb doch die ganze Aktion, weißt du nicht mehr? Du hast es doch selbst so gewollt!

HIER: Niemals! Ich nicht!

NICHT-HIER: Keine Widerrede! Nebel! Nebel!

HIER: Nein! Nein! Ich will sie sehen! Will diese Nebelei nicht mehr! Laß mich! Ich muß sie sehen!

NICHT-HIER: Und das nach all dem schönen Nebel, den ich dir verschafft habe! So was Undankbares! Was hättest du all die Jahre gemacht, ohne mich? Ohne mich und meinen Nebel!

HIER: Mir egal! Du mußt mich in Ruhe lassen!

NICHT-HIER: Ach, ja? Du weißt ja nicht, wovon du redest! Du meinst, daß du sehen willst? Und was ist mit all dem Zeug, das du nicht sehen willst? Was ist damit? Sag nicht, du weißt nicht, was ich meine, du weißt es ganz genau!

HIER: Du bist verrückt! Sie ist es, die ich sehen will!

NICHT-HIER: Ha! Du meinst, du kannst dir die Rosinen rauspicken, oder was? Nichts da, du kleines Schaf! Etwas sehen, alles sehen!

HIER: Um Gottes willen. Echt?

NICHT-HIER: Klar doch, Klugscheißerchen. Bist du sicher, daß du nicht lieber schnell ein bißchen Nebel willst? Ich kann das arrangieren, du weißt ja.

HIER: (schweigt)

NICHT-HIER: Nebel Nebel Schwiemelschwummerschwadennebel komm herab!

HIER: Andrea! Bist du's?!

NICHT-HIER: Vergiß sie! Es lohnt sich nicht!

HIER: Andrea! Andrea!

NICHT-HIER: Nebel! Nebel! Nebel?

HIER: Andrea! Andrea! Ich seh dich!

NICHT-HIER: Verdammte Schei... na gut! Du hast es so gewollt! Heul mir nichts vor, wenn es mehr ist, als du verkraftest!

6. April 1980, Sonntag

Mein Gott. Habe ich das wirklich geschrieben? Muß ich ja wohl. Heißt das, der Sache näher kommen? Oder ist es total wegflippen? Der Nebel. Der Nebel. Hüllt mich ein, schottet mich ab. Ich will sie sehen. Ich wußte es schon, ehe es gestern abend herausgeflutscht ist, in diesem verrückten Stück, das ich da geschrieben habe. Klar, und ich schätze, ich weiß das schon seit einer ganzen Weile, oder? Seit dem ersten mal, nach den Weihnachtsferien, als ich neben ihr auf der Bank im Umkleideraum saß. Ich meine – dieses Gesicht! Wie soll ich es sonst sagen?

Aber das kann mich auch nicht halten, wenn ich anfange wegzudriften. Gar nichts kann mich da halten, ich kann nicht dagegen an. Kann sein, daß es die letzten Tage ein bißchen besser war, aber wer weiß? Oh Gott, es ist so schrecklich, einfach so wegzurutschen, in diesem Nebelsumpf zu versinken, diesem pappigen, zähen, wabbligen Zeug. Wie eine Wand, rings um mich herum, ich komme nicht durch, weiß nicht wie. Aber gestern, diese Sachen, die durch meine Hand aufs Papier flossen, diese NICHT-HIER-Stimme, die höhnisch sagte: »Hey, du hast es doch so gewollt!«

Und??????????

Na ja, vielleicht stimmt es schon irgendwie! Aber ist das nicht bei allen Leuten so? Ich meine, auf der Welt gibt es doch immer Dinge, die man eher nicht sehen möchte. Verhungernde Kinder in Bangladesch, vom Traktor überfahrene Kätzchen. Verdammte Scheiße.

Ja, aber das ist trotzdem nicht alles! Ich versuche mich herauszumogeln, das spüre ich, da ist noch mehr.

Also. Okay. Da ist dieses Mädchen, klar? Sie ist hinter dieser Wand. Kann nicht gut sehen, soviel steht fest, ist alles so verschwommen, soweit stimmt's.

Also, jetzt mal Tempo! Sie kommt hervor – ? – und dann – was? Wie zum Teufel soll ich das wissen! Also gut, dann tu einfach so. Okay, meinetwegen. Sie kommt hervor, und plötzlich steht sie draußen, mitten in der Welt.

Und was sieht sie da? Das Problem sind nicht nur die verhungernden Kinder und die zermanschten Kätzchen, stimmt's?

Okay, okay, da ist noch diese andere Scheiße, die ich nicht sehen will, ich geb's zu, Zeug von jetzt und Zeug von früher. Wie dieses Schwein Philip zum Beispiel. Kotz! Ich weiß nicht. Vielleicht sind meine Augen nicht stark genug für diese ganze Seherei. Ha! Deshalb trage ich ja Kontaktlinsen, stimmt's? Aber ich muß Andrea sehen. Ich muß.

Ist das dein letztes Wort? Echt? Ja, ja, das ist es. Sie muß ich sehen. Koste es, was es wolle.

Also gut. Okay. Wie wäre es, wenn wir erst mal einen klitzekleinen Blick wagen? Und dann wieder weggukken, wenn es erst mal genug ist? Wenn wir es stückchenweise probieren? Okay?

Okay.

8. April 1980, Dienstag

Heute nach dem Abendessen haben wir beim Kaffee unsere Abschlußklausurerfahrungen ausgetauscht. Na ja, ich bei einer Cola, aber die anderen mit ihren weißen Tassen vor sich. Ich habe sie zum Lachen gebracht – ich! Eigentlich ist das ja Andreas Job, aber ich war total aufgedreht. Keine Ahnung, wieso, aber zumindest war die Gegend heute nebelfrei! Das Ungeheuerliche sengte sich direkt durch den Dunst, knallhart und scharfkantig.

So marschierte ich heute morgen in den Vorlesungssaal, dieses trichterförmige dunkelgrüne Loch von einem Schulraum, und als ich mich hinsetzte, wußte ich, ich würde haargenau das schreiben, was ich dachte, ohne jedes Blabla. Direkt von jener HIER-Stelle aus.

Dann saß ich da, und es ging los. Ich wählte die Frage zur Charakterisierung. Okay. Inwiefern vermittelt die Charakterisierung von Personen in literarischen Werken einen bestimmten Standpunkt? Beziehen Sie sich auf zwei Beispiele. Ich entschied mich für Moby Dick und König Lear. Okay. Aber ich wußte überhaupt noch nicht, worauf ich hinauswollte. Normalerweise plane ich das immer alles vorher ganz genau – nachdenken, Entwurf machen, wie sich das gehört. Aber nicht so heute morgen. Heute morgen habe ich einfach drauflosgeschrieben!

Ich schrieb, daß diese beiden Werke Tyrannengestalten viel zu freundlich zeichnen, daß sie alles tun, um zu zeigen, wie diese Menschen durch ihre ach-so-tragischen Wesensschwächen in den Untergang getrieben werden, so, als müßten wir sie – so es gelingt, uns das verständlich zu machen – zwangsläufig bemitleiden, statt sie zur Verantwortung zu ziehen. Ich schrieb, in etwas gewählteren Worten, daß das großer Mist sei und nie und nimmer ihr Verbrechen legitimieren könne, so viele andere mit in den Untergang zu ziehen. Ich schrieb, diese Art der Charakterisierung diene der Vermittlung des Standpunkts der Autoren, die diese »großen« Männer entschuldigen wollten. Aber was ist mit dem kleinen Mann? Wieso ist das, was er denkt und fühlt, nicht der Rede wert?

Ich wette, das paßt ihnen nicht. Aber es juckt mich nicht mehr, was ich dafür kriege. Ich habe das blöde Gelaber so satt. Es stinkt mich so an, daß ich es einfach nicht mehr bringe. Scheiß drauf. Wenn ich nicht über das schreiben kann, was mir wirklich wichtig ist, und wenn ich darüber nicht die Wahrheit schreiben kann, dann will ich lieber gar nichts schreiben. Sonst müßte ich mich fragen, was ich hier überhaupt zu suchen habe.

Was tue ich hier überhaupt? Mich jedenfalls nicht in Nebel auflösen. Heute zumindest nicht. Wahrscheinlich, weil ich viel zu geladen war, als daß da noch Platz für irgendwelchen Nebel gewesen wäre.

Hey, das ist interessant.

9. April 1980, Mittwoch

Der Frühling ist hier wirklich eine Jahreszeit für sich. Nicht so wie in Vermont, wo der Winter seine Frostzähne zusammenbeißt und sich hält bis Ende April, und es dann – zack! – auf einmal Hochsommer ist. Hier ist der Frühling eindeutig eine Übergangsphase von einem Seinszustand zum nächsten.

Seltsame Dinge sind heute passiert. Es wäre wahrhaftig einfacher, noch weiter über das Wetter zu schreiben, eine tiefgründige philosophische Abhandlung über das Wesen dieser Jahreszeit vielleicht.

Aber nichts da. Heute war ich mit Andrea zusammen. Andrea, Andrea, Andrea. Andrea Snyder. Stevie (Stephanie, würg!) Roughgarden. Gemeinsam unterwegs an einem sonnigen Frühlingstag. Es war Andreas Idee. Nicht, daß ich was dagegen gehabt hätte, obwohl ich Angst hatte, ich könnte wieder komisch werden.

Also gut. Wir fuhren mit den Rädern die zehn Meilen raus zum Humpback, stapften eine Stunde rauf bis zum Aussichtspunkt, sackten schwitzend und erschöpft auf die riesige Felsplatte dort oben und schauten rauf, schauten runter, schauten rundrum.

Die Aussicht vom Humpback ist irre – man sieht die ganze Stadt und den See und drüben am Horizont den Stadtrand von Bradfield. So was – Weite – kann ich gut verkraften. Blick zum Horizont, das ist mein Ding. Aber dann, plötzlich, guckten wir einander an, aus allernächster Nähe! und ihre Augen sind blaugrün, außen ein dunklerer Ring, nach innen hin immer heller.

Ich fühlte es. Ich fühlte es in meinen Armen, fühlte ihre Augen in meinen Armen. Großer Gott, bin ich unmöglich. Ich will nicht, daß sie was Falsches denkt, und sie tut's wohl auch nicht, bis jetzt jedenfalls nicht, denn wenn sie's täte, würde sie mich wohl nicht so ruhig und gelassen ansehen.

Ich driftete weg. Ich schaue, sie schaut, ich schaue, und ich driftete weg. ARRRGH! Wie Pusteblumenflaum, den der Wind davonträgt, in Richtung Horizont. Ich sah auf den Boden, merkte, wie das Gekreisel losging. Brauchte was, irgendein kleines Etwas, um mich daran festzuhalten und in die Welt zurückzuhangeln, sah eins von diesen kleinen Hubschrauberchen, diesen Ahornsamendingern, ganz grau und verwittert, auf dem Boden liegen. Schnappte es mir und starrte es gebannt an, die haarfeinen Äderchen, die sich hindurchziehen, klar und dann wieder verschwommen, da, wo die Verdickung ist. Arrrgh. Ich fing an, es zu zerbröseln, Millimeter um Millimeter, hey, das hier wird nicht mehr fliegen! Und plötzlich war ihre Hand auf meiner Hand, und alles in mir zuckte zusammen, und ich sah hoch.

Sie blickte mich an – blickte mich richtig an! sah noch weiter in mich rein als vorher! So ernsthaft! Und es war, als sei ich ein Papierdrachen, der davongeflogen war und dessen Schnur sie jetzt wieder gepackt hatte und einholte – ihre Augen waren der Landeplatz. Oh, Gott, das trifft es nicht mal ganz. Es war, als ob sie nach mir griff und all die Lichtjahre überwand und mich an einem Ort in mir fand, in den noch niemand hineingesehen hatte, und mich wortlos wieder in die Welt zurückwinkte.

Ich konnte es nicht fassen. Ich wandte mich ihr halb zu, ungläubig, aber es war wirklich so, ihr Gesicht ganz ruhig, ihr Blick auf meine Augen gerichtet. Ich sah sie an, sah sie an, sah sie an.

»Wie hast du das gemacht?« brachte ich schließlich raus.

Sie sagte: »Was?«

»Das!«

»Was, dich angesehen? Kein Problem! Das tu ich gern!«

Wutsch! Wie konnte ich ihr sagen, wie unendlich gern ich sie ansah? Ich konnte es nicht. Ich weiß, für sie ist das etwas ganz anderes als für mich. Ich meine, sie ist Künstlerin! Da sieht man die Dinge genau an!

Ich drückte mich vor einer Antwort und sagte: »Ich war weit weg, im Nebelland, und du hast einfach bis dorthin gelangt! Durch den Nebel und die Mauer!«

»Nebelland?« Sie wußte nicht, wovon ich sprach. Wie sollte sie auch? Also erklärte ich es ihr, soweit das überhaupt möglich ist. So richtig geht es nicht, man kann nur sagen, es ist wie, es ist, als ob, aber sie schien trotzdem das meiste zu verstehen. Ich fragte sie, ob sie denke, ich sei total daneben, und sie sagte, gar nicht. Großer Gott, ich hoffe, sie sagt das nicht nur aus Nettigkeit. Aber ich glaube nicht.

Dann lagen wir da, nebeneinander, und ruhten uns aus, und die Sonne schien warm auf uns herunter, und, nein, ich bin nicht weggedriftet. Ich war ganz da. Und weiß nicht, ob es nicht anders besser gewesen wäre.

Ich bin so verrückt! Wie kann ich solche Gefühle haben! Das muß aufhören. Vielleicht ist es ja doch besser, weit weg im Nebelland zu sein. Nein, das darfst du nicht sagen. Sag einfach nur, du mußt an etwas anderes denken, nächstes Mal. Nächstes Mal, nächstes Mal. Oh Gott, ich fühle es sogar jetzt, was soll ich nur machen? Nicht das Genebel, sondern das Gebitzel! Es ist wieder da. Ich dachte, das hättest du überwunden, Stevie. Was ist mit dir los? Ich schätze, all die Jahre Bettpraxis haben dich pervers gemacht! Das ist wirklich ganz schön krank, einer Freundin gegenüber auf solche Gedanken zu kommen!

Ach, nun mal halblang, ich wollte dort oben auf dem Berg doch gar nichts machen, ich wollte ja nur – SCHREIB'S HIN! Ich wollte mich nur zu ihr umdrehen und mich an sie schmiegen. Aber das geht nicht! Ich muß meine unverschämten kleinen Gedanken für mich behalten. Sie darf es nicht merken, niemals. Sie würde mich verabscheuen, das weiß ich. Ich muß mich einfach hier verbuddeln; bald bin ich hier weg, und nächstes Jahr, auf dem College, werde ich ganz neu anfangen und vielleicht erwachsen und sogar normal werden.

10. April 1980, Donnerstag

ICHLIEBESIE ICHLIEBE SIE ICH LIEBE SIE!

Und niemand braucht es je zu wissen, außer mir.
Es ist okay, wenn ich es einfach für mich behalte.

Heute nach dem Mittagessen sind wir in ihrem Zimmer rumgesessen, haben geredet und zwischendurch auch gar nichts gesagt. Sie hat ein Weilchen auf ihrer Gitarre gespielt. Sie arbeitet gerade an einem neuen

Song, und ich habe gebettelt, sie soll ihn mir vorspielen. Schließlich hat sie nachgegeben. Aber sie hat sich zuerst tausendmal entschuldigt, er sei noch nicht fertig, noch im Rohzustand. Ich weiß nicht, was sie hat. Er war toll, eine schöne Melodie und ein guter Text, irgendwas über eine neue Zeit und einen neuen Anfang.

Neu, neu. Ich weiß, sie denkt an den Herbst, das neue Leben am College. Was ja auch schön und gut ist, aber es machte mich richtig traurig, ihr zuzuhören. Ich werde sie sehr vermissen.

Aber im Moment habe ich keine Zeit, darüber nachzudenken. Muß zusehen, daß ich mich an meine Englisch-Hausaufgabe mache. Irgend so ein Aufsatz über Frauen in der Literatur, den wir bekommen haben. Das ist es, was ich tun sollte, dieses Zeug für Englisch lesen. Aber alles, was ich tun will, ist, über Andrea zu schreiben! Du liebe Güte, ich glaube, mich hat's wirklich ganz schön erwischt! Ja, ich hab sie gern, ich hab sie wirklich sehr gern! Es ist Liebe, ja, das ist es, dieses unglaublich zärtliche Gefühl. Ich sehe sie, und schon ist es da, steigt in mir auf, und ich möchte sie ganz und gar mit den Augen verschlingen.

Herrgott, Stevie! Du bist ein Mädchen! Hast du das vergessen?!! Mädchen empfinden nicht so für Mädchen!!!

Okay, okay, keine Panik, es sind ja nur noch ein paar Monate, und dann sind wir hier weg, gehen nach Harvard und werden erwachsen. Das ist nur eine Phase, sobald du hier raus bist, wirst du sie vergessen. Du mußt! Und jetzt geh einfach an die Arbeit. Tu was. Ackere.

11. April 1980, Freitag

Ich kann es nicht glauben! Dieser Aufsatz, den wir für heute lesen sollten, handelte von – also von – na ja, der Titel hieß »Zum Schweigen gebrachte Stimmen«. Eine gute Freundin von Mic, Susan Soundso, hat ihn als Teil ihrer Doktorarbeit geschrieben. Das ist eine, also, ich kann dir sagen! So was habe ich noch nie gelesen. Total abgefahrenes Zeug, darüber, daß die sogenannten bedeutenden Bücher fast alle von weißen Männern stammen, daß die Stimmen von Frauen nie gehört wurden, obwohl es sie gab – Stimmen von weißen Frauen, schwarzen Frauen und sogar – arrrgh – lesbischen Frauen! Habe ich das gerade geschrieben? Ich glaube, ich hab's getan. Und diese Susan auch. Sie hat's tatsächlich getan. Sie spricht in diesem Aufsatz von einer Menge Sachen, aber sie spricht auch von Lesben. Lesben!!!!!! Himmel.

Sie redet vor allem von dieser einen Schriftstellerin, Rita Mae Brown. Rita Mae Brown hat ein Buch geschrieben, das *Rubinroter Dschungel* heißt. Ein Lesbenbuch! Ich wußte gar nicht, daß man ein Buch übers Lesbischsein schreiben kann. Aber man kann wohl.

Wahnsinn. Ich kann's nicht glauben, daß Mic uns diesen Aufsatz zum Lesen gegeben hat. Aber sie fährt voll darauf ab, soviel ist sicher. Okay, über das mit den Lesben hat sie nicht geredet, aber sie hat eine Menge über die verschiedenen Bücher gesagt, die Susan erwähnt, scheint so, als ob sie die meisten davon hat, sie ist so ein Bücherwurm. Ich war mal in ihrer Wohnung, und da sind Bücher, wo man hinguckt, nicht nur in den Regalen. Sie lungern überall rum, wie Haustiere, auf dem Tisch, in der Küche, auf dem Fußboden. Aber ich wette, dieses Dschungel-Dings hat sie nicht.

Oh Gott, ich muß über was anders schreiben. Wie wär's mit dem Wetter? Langsam wird es ganz schön warm. Heute nachmittag auf dem Sportplatz waren die meisten von uns nur noch im T-Shirt. Es war toll, die Sonne knallte auf uns runter. Sonst frage ich mich jedes Jahr am ersten heißen Tag, ob ich die knallende Hitze verkraften werde. Dieses Jahr denke ich, kein Problem. Im T-Shirt macht das Leben doch viel mehr Spaß. Und Andrea sah heute irre gut aus, ich konnte es kaum aushalten. Sie ist so süß! Dort auf dem Platz, in abgeschnittenen Army-Shorts und dem schwarzen T-Shirt ohne Ärmel. Die hat sie nämlich an den Schultern abgeschnitten. Oh Gott, ihre Schultern! Oh Himmel, jetzt fange ich schon wieder an. Himmel, Himmel, Himmel!

Hilf mir!

13. April 1980, Sonntag

Großer Gott, es hat mich wirklich erwischt. Du meine Güte. Bin heute aufgewacht mit diesem Gefühl, ich bin total ausgewrungen worden und dann mit irgendwas gefüllt. Mit ihr. Ich habe die ganze Nacht gedacht, na ja, nicht wirklich gedacht, aber auch nicht richtig geträumt, lauter Zeug über Andreas neuen Song, über Neuanfänge; ihre Songs sind irgendwo draußen in der Welt, in einer Kiste in der Erde, und wir versuchen, sie auszubuddeln, und ihre Gitarre ist überall. Ich muß ihr helfen, sie von Bäumen zu holen und aus Scheunen und von dieser großen Wiese.

Andrea, Andrea, und ich jetzt hier, allein in meinem Bett, schon wach, obwohl es gerade mal dämmert, erste schwache Lichtstreifen über den Bäumen drüben auf der anderen Seite der Zufahrt, und es ist, als würde sie aus meinen Poren kommen, als hätte ich sie aufgesogen, ich, der Schwamm, ich bin erfüllt von ihr, bis in mein Innerstes, ich kann nichts dagegen tun, sie ist einfach IN mir, so viel von ihr, daß es schon rausquillt, überall um mich herum.

Gott, was soll ich bloß tun?

Wenn ich dieses *Rubinroter Dschungel*-Buch lesen würde, vielleicht könnte ich dabei ein bißchen Dampf ablassen . . .?

14. April 1980, Montag

DIE RUBINROTE OFFENBARUNG!

Dieses Buch ist einfach irre! Das beste Buch, das ich je gelesen habe! Sie schreibt wirklich darüber! Sie tut's. Gott! Ich kann's nicht glauben! Aber ich glaub's. Ich muß! Denn da steht es ja! Warum hat mir noch nie jemand von diesem Buch erzählt!! Oh, ich weiß schon, warum, weil Molly so stolz ist und sich von nichts und niemandem auf der Welt an irgendwas hindern läßt, und wer will schon junge Menschen auf solche Gedanken bringen!

Diese Frau steht total zu dem, was sie tut, nicht die klitzekleinste Entschuldigung. Ich wußte gar nicht, daß das geht. Aber sie tut's! Sie ist eine, die weiß, was sie will, und es sich holt. Und was sie will, sind Frauen. Genauso, wie ich Andrea will. So ist es. Ja, so ist es wirklich.

Oh, Gott.

Wahrscheinlich ist es ja doch okay, so zu empfinden.

Und ich fühle mich jetzt auch besser – dank Rita Mae. Und Mic. Sie war so toll gestern, als ich plötzlich bei ihr vor der Tür stand. Sie hat gesagt, ich soll doch reinkommen, und mir Cola angeboten. Wir saßen auf dem Teppich und unterhielten uns über den Kurs. Ich habe ihr gesagt, wie gut mir dieser Aufsatz von ihrer Freundin Susan gefallen hat. Ich habe gesagt, Susan sei bestimmt eine sehr kluge Frau. Sie hat gelächelt und gesagt, ja, vielleicht hätte ich recht. Gott, war ich nervös! Weil ich nämlich was Bestimmtes vorhatte und nicht wußte, ob ich es bringen würde. Aber ich habe einfach immer weiter geredet und gesagt, ich würde so gern ein paar von den Büchern lesen, die Susan erwähnt. Und dann – habe ich es getan! Ich habe sie gefragt, ob sie vielleicht irgendwelche davon hätte. Sie sagte ja. Alle? Sie denke schon. Mein Herz schlug mir im Hals. Nicht leicht, so zu reden. Aber ich habe ihr erzählt, ich wolle für mich ein paar Extra-Sachen lesen, und ob ich vielleicht mal nachsehen könne?

Mic stand prompt auf und zeigte mir das Regal. Das neben dem Fenster. Ich trat hinter sie und überflog die Titel. Aber es war nicht dabei! Ich guckte bestimmt fünfmal alles durch, aber es war tatsächlich nicht da!

Was nun? Ich konnte mit den Büchern abziehen, die ich eigentlich gar nicht lesen wollte. Oder ich konnte nach dem einen fragen, das ich wirklich wollte. Ich holte tief Luft. Mic hatte sich schon wieder hingesetzt. Ich drehte mich zu ihr um. Sagte: »Ich dachte, Sie hätten alle?« Meine Stimme klang so dünn.

Was mag sie in dem Moment gedacht haben? Keine Ahnung. Sie sagte nichts, warf mir nur diesen kurzen komischen Blick zu, den ich nicht recht einordnen konnte. Ich wußte nicht, was ich tun sollte. Gott, was denkt sie?! Aber es war zu spät. Ich sagte: »Und diese Rita Mae

Brown? Ich – äh – würde gern mal ein bißchen was Ausgefalleneres lesen.«

Sie erhob sich ziemlich rasch, sagte, doch, sie habe es. Es durchzuckte mich wie ein Blitz – Hoffnung und Angst zugleich. Oh Gott, manchmal gehe ich sogar über meine eigenen Kräfte. Aber ich bin so froh, daß ich gefragt habe! Mic ging auf ihren bloßen Füßen an mir vorbei, raus in den Flur, und sagte, sie würde es holen. Aber ich konnte nicht sitzenbleiben. Ich folgte ihr, aus purer Neugier, schätze ich, zockelte hinter ihr her bis an die Tür zu ihrem Schlafzimmer. Ihr Schlafzimmer ist noch cooler als der Rest der Wohnung! Sie hat ihr Bett auf dem Fußboden, genau wie Andrea! Und natürlich noch mehr Bücher, überall verstreut, aber eine ganz irre Überdecke auf ihrem Bett, rot und lila, und Bilder von all ihren Freunden an der Wand und in einer Ecke einen Kerzenständer auf einem bunten Tuch.

Mic kramte im Wandschrank in irgendwelchen Kisten und murmelte: »Hmmm, ich weiß, es muß hier irgendwo sein.« Sie hat wohl so viele Bücher, daß sie einen Teil dort drinnen aufbewahren muß! Ihre Stimme kam gedämpft aus dem Kabuff: »Warte, ich weiß, daß ich es irgendwo habe.« Ich lachte, weil mir nichts besseres einfiel und weil ich immer noch so nervös war. Ich sah mich einfach noch ein bißchen in ihrem Zimmer um. Da stand dieses hübsche Foto auf dem Tischchen neben ihrem Bett, gerahmt – Mic und eine andere Frau, lächelnd und mit zusammengekniffenen Augen, als ob sie blinzelten, weil sie beide in die Sonne guckten. Die andere Frau hatte den Arm um Mics Schulter gelegt, und der Schatten der Person, die das Foto gemacht hat, fällt vor ihnen auf den Boden. Sie wirken fröhlich. Vielleicht ist es ihre Schwester. Ich stand da und dachte darüber nach, wie gern ich eine Schwester hätte, als Mic plötzlich rief: »Heureka!« Sie tauchte aus den Kisten auf, in der Hand das Buch.

Und sie gab es mir! Sie hat es mir tatsächlich gegeben! Ich nahm es und fing sofort an, von was anderem zu reden, dem Hallensoftballspiel letzte Woche, das so lustig war. Wir gingen wieder durch den Flur in Richtung Wohnzimmer, aber die Wohnungstür war gleich daneben, und ich sah meine Chance und packte sie beim Schopf. Nichts wie weg! Im Gehen bedankte ich mich noch bei Mic – natürlich, ohne ein Wort über das spezielle Thema dieses Buchs zu verlieren.

Aber sie muß doch etwas ahnen! Wie sollte sie nicht?! Okay, meinetwegen, vielleicht ahnt sie's. Aber mit einer Freundin wie dieser Susan, die für ihre Doktorarbeit so was schreibt, ist Mic ja vielleicht selbst auch eher liberal. Sie kann es doch wohl nicht sooo schlimm finden, wenn sie sich das Buch sogar extra gekauft hat, oder? Mic ist doch eigentlich schwer okay. Und sie brauchte es mir ja nicht zu leihen! Aber sie hat's getan.

HURRA HURRA HURRA!

15. April 1980, Dienstag

ALLES ANDERE MAL BEISEITE!

Ich hatte mich ja schon gefragt, warum ich überhaupt noch nichts von irgendwelchen Colleges gehört habe. Aber das ist der alte Bushaltestellen-Trick, man wartet und wartet, und kein Bus kommt, und wenn man schließlich schon fast alle Hoffnung aufgegeben hat, kommen alle auf einmal. Drei Briefe heute: UVM – Zusage, klar,

Williams – Zusage, wird Paps freuen, Hampshire – Zusage, wird ihn nicht besonders entzücken.

Nichts von Harvard. Aber ich glaube, bisher hat noch niemand was von Harvard gehört. Also sollte ich mir deshalb wohl keine Gedanken machen.

Und wenn sie mich nun nicht nehmen?

Und wenn sie mich nehmen?

Ach, zerbrich dir darüber den Kopf, wenn es soweit ist; was hältst du davon?

Ich habe *Rubinroter Dschungel* gestern abend noch zu Ende gelesen. Ich wollte eigentlich schlafen, weil ich so lange geschrieben hatte und es schon so spät war. Aber dann dachte ich, na, okay, nur zehn Seiten. Aber nichts da. Ich fing an und konnte es einfach nicht weglegen, bis ich es schließlich durch hatte und es zwei Uhr war.

Gott, was für ein super-tolles Buch. Wen jucken schon irgendwelche Colleges? Einfach nur leben!

16. April 1980, Mittwoch

Verdammt! Verdammt verdammt verdammt! Jetzt sitze ich wirklich tief in der Scheiße. Er bringt mich um, ich weiß es. Himmel noch mal, hätte ich doch letztes Semester mehr getan! Aber ich hab's nicht, und jetzt ist es so, als ob sich alles bestätigt, was er gesagt hat. Er wird mich UMBRINGEN ABMURKSEN ERSCHLAGEN!

Scheiße Scheiße Scheiße Scheiße!

Habe den Brief heute nachmittag gekriegt. Die letzte Stunde war überstanden, das Mittagessen vorbei, Andry nicht da. Ich ging zur Poststelle, sah diesen einen länglichen schmalen Umschlag im Fach. Gab die Zahlenkombination ein, zog das Ding raus, und Tatsache, da war es: Harvard, Zulassungskommission, und der Brief war so dünn, daß ich gleich wußte, es sieht schlecht aus. Ich starrte auf den nichtssagenden weißen Umschlag. Wie kann so ein blödes kleines Stück Papier, das so leicht in der Hand ist, so einen gewichtigen Einfluß auf ein ganzes Leben haben?

Nun ja, ich konnte nicht den ganzen Tag da stehenbleiben. Ich riß den Umschlag auf und las den Anfang: »Wir bedauern, Ihnen mitteilen zu müssen ...« Ich konnte es nicht zu Ende lesen. In dem Moment jedenfalls nicht. Ich feuerte das Ding weg, aber da es ja nur Papier war, flog es natürlich nicht sehr weit.

Ich spürte nicht besonders viel, aber mir war klar, ist klar, was jetzt auf mich zukommt. Ich ging hierher auf mein Zimmer und habe meine Nase seither nicht rausgesteckt. Dad hat nicht angerufen. Ein Glück. Aber er wird es tun, das weiß ich. Und was soll ich ihm dann sagen?

Ich will nicht ans Williams! Vor ein paar Monaten schien das noch eine gute Ausweichmöglichkeit, aber wenn ich jetzt daran denke, habe ich das Gefühl, daß es ein zweites Bristol wäre, kaum anders, nur größer, dieselben Privatschulzöglinge, Privatschulverhaltensweisen, Privatschuldenkmuster, Izod-Hemden und Kordklamotten. Vielleicht bin ich ja überheblich, wie Daddy sagt, aber ich kann das nicht noch vier Jahre aushalten. Verdammt, ich weiß, ich kann's nicht. Aber wie soll ich ihm das klarmachen?

17. April 1980, Donnerstag

Tja … der Zettel hängt immer noch an meiner Tür. Ich war nicht da, als der Anruf kam. Ich war aus. Natürlich mit Absicht.

Heute beim Frühstück war ich total fertig. Andrea kam zu mir und stellte ihr Tablett ab, und ich schaute in meine Cornflakes-Schüssel. Aber ich konnte mich ja schließlich nicht ewig verstecken. Als sie mein Gesicht sah, fragte sie sofort: »Was ist los?«

Ich erklärte ihr: »Harvard hat mich abgelehnt.«

»Diese Arschlöcher!« Sie setzte sich auf den Platz neben mir und legte den Arm um mich. »Ganz schöner Hammer, was?«

Ich nickte und brachte irgendwas in der Art heraus, daß mein Vater mich umbringen wird, aber dann spürte ich, wie mir die Tränen die Kehle zuschnürten, und ich konnte nicht mehr weiterreden. Sie zog mich an sich. Herrje, gleich würde ich mich auflösen, hier über meinen Cornflakes, ich spürte es, dieses ganze Meer, das nur darauf wartete, mich zu überschwemmen und zu ertränken. Tonnen und Abertonnen von Tränen, ganze stürmische Ozeane. Scheiße noch mal! Nicht beim Frühstück! Also, wirklich! Ich riß mich zusammen. Mußte es tun. Und wir sagten beide eine Weile nichts, und dann war es Zeit, zum Unterricht zu gehen.

Wir standen auf, und sie fragte mich, ob ich wieder okay sei, und ich nickte. Weil es wieder ging, einigermaßen jedenfalls. Sie legte die Arme um mich und hielt mich, und sie war das Wärmste, was ich je erlebt habe!!

Und das wollte ich heute abend wieder haben, das Wärmste auf der ganzen Welt.

Wir waren in ihrem Zimmer und lernten. Na ja, ich

nicht so richtig, obwohl ich mich bemühte, meinen Französisch-Text zu lesen, aber es fiel mir schwer, mich darauf zu konzentrieren. Ça va? Ich saß an ihrem Schreibtisch, Füße auf der Platte, und sie lag auf dem Bett, mit ihrem Spanisch-Buch, den einen Arm über dem Gesicht, und wirkte geschafft und müde. Als ich gehen mußte, wegen der Anwesenheitskontrolle, lag sie immer noch so dort. Ich stand in ihrer Tür und sah zu ihr rüber und wünschte mir nur, wieder zu ihr hinzugehen und neben sie zu schlüpfen und sie in den Armen zu halten!!! Oh Gott. Und gehalten zu werden! Oh Gott im Quadrat!!

Genug für heute abend!

18. April 1980, Freitag

Eben habe ich mit ihm telefoniert, und meine Nerven sind immer noch blank, wund, kurz vor dem Zerreißen. Harvard hat mich nicht genommen! Na und? Wieso ist das das Ende der Welt? Diese Tirade, die da über mich hereinbrach! Er brüllte mich durchs Telefon an, daß ich immer mehr nachließe, faul würde, im letzten Semester mehr hätte tun müssen, daß ich wohl gar nicht an meine Zukunft dächte und daß er schon gewußt habe, wo das alles hinführen würde, als ich aus dem Hockeyteam ausgestiegen sei.

»Das Leben ist hart, Stevie«, sagte er immer wieder. Er sagt das andauernd, und ich hasse es. Und mein Leben? MEIN LEBEN? Mein kostbares LEBEN? Oh Gott, ich glaube, ich ersticke – so eng, wie mir die Kehle ist.

20. April 1980, Sonntag

Es ist Mitternacht, und ich bin gerade aus Andrys Zimmer zurückgekommen. Ich muß über diesen Abend schreiben!

Wir hingen bei ihr rum und lasen, und plötzlich, aus heiterem Himmel, sagt sie: »Hey, wie wär's, wenn wir uns gegenseitig den Rücken massieren?«

Wie soll ich darüber schreiben? Ich liebe es, sie zu berühren! Ist das so schlimm? Ich habe nichts getan, als sie zu massieren! Aber lieber Gott, wenn sie wüßte! Man sollte meinen, die elektrische Ladung in meinen Fingern müßte sich ihr mitgeteilt, ihr die Wahrheit entgegengeschrien haben. Ich weiß nicht, was sie weiß. Ich glaube, es wird langsam ein bißchen kritisch. Ich meine, nicht daß ich irgendwas Komisches hätte tun wollen, aber ich weiß nicht, wie viele von diesen Nächste-Nähe-Situationen ich noch verkrafte. Nicht, daß ich irgendwas tun würde! So bin ich nicht! Aber Himmel noch mal! Das Gebitzel war so schlimm, daß ich dachte, gleich schießt es mir zu den Ohren raus, wie bei einer Colaflasche, die man vor dem Öffnen geschüttelt hat.

Und dann hat sie mich massiert. Es war toll. Überhaupt, von ihr berührt zu werden, ist schon der Himmel auf Erden! Aber sie ist außerdem auch noch richtig gut mit den Händen, versteht es, die Stellen zu erwischen, die weh tun. Als ob sie sie riecht. Ich brauche kein Wort zu sagen. Sie weiß es einfach. Wahnsinn. Es war toll, aber es war auch wie ein einziges langes Kitzeln. Das die elektrische Ladung immer noch weiter erhöht. Schauder. Wieviel davon verkrafte ich noch?

Als sie fertig war, ließ sie einfach nur die Hände auf meinem Rücken liegen. Eine Weile sagten wir beide nichts; ich sog immer noch weiter das Gefühl ihrer Berührung auf und wollte mich nicht rühren. Dann sagte sie irgendwas über ihren Dad – daß sie ihn vermißt. Ich sagte: »Was?«

Und da fing sie an, richtig von ihm zu reden. Ich drehte mich auf die Seite und hörte zu, beobachtete ihr Gesicht. Ich schaffte es sogar, ein paar Fragen zu stellen. Das war gut. Ich habe manchmal das Gefühl, Andry und ich verhalten uns so, als ob ich diejenige mit den Problemen wäre. Ich rede zwar nicht viel drüber, aber trotzdem scheint da so ein stillschweigendes Einverständnis zwischen uns zu bestehen, daß es so ist. Als ob ich das Kind wäre und sie sich um mich kümmern muß. Das ist ihr gegenüber nicht fair. Ach, zum Teufel, mir gegenüber auch nicht! Ich kann doch nicht mein Leben lang in diesen Dingen das Kind sein! So werde ich doch nie erwachsen!

Ich hörte also aufmerksam zu – ich bin eine gute Zuhörerin – und stellte Fragen und versuchte, das, was sie sagte, auf den Punkt zu bringen. Nach einer Weile wurde sie still, und dann! Dann ließ sie sich irgendwie auf die Matratze gleiten und lag da, neben mir, sagte nichts, atmete nur ruhig. Und als ich gerade dachte, sie würde vielleicht anfangen zu weinen, kuschelte sie sich plötzlich an mich! Ich war wie erstarrt – Himmel, was sollte ich tun?! Ich war ja so voller Gefühle für sie, aber ich wollte nicht, daß sie dachte, ich fühlte zuviel! Aber ich wollte erst recht nicht, daß sie dachte, ich fühlte gar nichts!

Also legte ich vorsichtig den Arm um sie und fuhr mit der Hand durch diese prächtigen dicken, dunklen Locken, in der Hoffnung, daß meine Hand all das sagen würde, was ich nicht sagen konnte. Das mit der Liebe, meine ich, nicht das andere. Andry sagte gar nichts, schmiegte sich nur noch enger an mich. Ich spürte, wie traurig sie war. In dem, was sie sagte, kam es nicht zum Vorschein, aber jetzt, da ihr Körper so dicht an meinem lag, spürte ich es in ihr drinnen, dieses Aufwallen von Schmerz. Jenseits aller Worte.

Zehn Minuten? Fünfzehn? Es war eine Ewigkeit, es war nur ein Augenblick. Dann haben sie Anwesenheitskontrolle gemacht, wir hörten sie und rappelten uns beide im selben Moment hoch. Oh, Gott, ich wollte nicht! Aber es wäre nicht so toll gewesen, hätte Susy den Kopf reingesteckt und das gesehen! Sie hätte es nicht verstanden. Ich meine, es hätte komisch ausgesehen. Verdammt, verdammt! Warum konnte das nicht erst nach dem Kontrollgang passieren? Dann wären wir vielleicht so eingeschlafen! Nicht, daß ich in meinem Zustand Schlaf gefunden hätte, aber sie vielleicht! Und ich hätte sie in den Armen halten können. Wie glücklich mich das machen würde!

Oh, Gott, ob ihr das gefallen würde? Himmel noch mal, Stevie, halt die Klappe! Du spinnst wohl – auch nur dran zu denken, so eine Situation auszunutzen! Nur weil sie mal ein bißchen Trost sucht, bedeutet das noch lange nicht mehr als genau das! Und ich bin froh, daß ich sie ein bißchen trösten konnte. Weil es irgendwie doch mehr war. Ich meine, ich fühlte mich auf seltsame Art älter, es hatte damit zu tun, etwas so – so was? – Wichtiges, Kostbares in den Armen halten zu dürfen, anvertraut zu bekommen, und sei es nur für zehn Minuten.

Vielleicht ist das ja Liebe: etwas Kostbares halten dürfen.

21. April 1980, Montag

Heute hatten wir zum erstenmal unseren Englisch-Minikurs, und ich glaube, das ist die weitaus beste Unterrichtsveranstaltung, die ich je mitgemacht habe. Wir werden schreiben, richtig schreiben! ES angehen. Und die Leute im Kurs sind total cool. Die richtigen Typen für so ein Projekt. Ken und Duncan und Val und Sylvie und Eliot. Und ich. Bei Eliot bin ich mir allerdings nicht so sicher; ich habe ihn immer eher für einen ziemlichen Blender gehalten. Aber wir werden ja sehen. Wenn er sich blöde benimmt, sind wir ja vielleicht immer noch genug Leute, um ihn in Schach zu halten.

Jedenfalls – die Stunde heute war toll; Mic ließ uns darüber schreiben, was Schreiben für uns bedeutet, warum es uns wichtig ist. Ich habe was von wachsender Bewußtheit und Lebendigkeit geschrieben. Das mit der Lebendigkeit hatte ich natürlich von Mic, weil sie doch immer davon redet, daß man von innen her schreiben soll, sein Inneres nach außen kehren.

Ich habe schon so viel von Mic gelernt. Ich hoffe, daß ich jetzt noch mehr von ihr lernen kann.

22. April 1980, Dienstag

Gestern abend bin ich zu Andrea auf ihr Zimmer gegangen. Ganz ohne Vorwand, einfach nur, um sie zu sehen. Ich klopfte an ihre Tür und hörte ihr sanftes »Herein!«. Sie saß auf dem Bett und klimperte leise auf ihrer Gitarre. Sie hatte ihre Schlafanzughosen an und dieses große alte grüne Sweatshirt, und sie war so schön! Sie sah auf und lächelte, das strahlendste und wundervollste Lächeln der Welt, mit dieser Spur von Überraschung darin. Normalerweise platze ich ja nicht nach der Anwesenheitskontrolle bei irgendwelchen Leuten rein. Eigentlich dürfen wir nach elf unser Stockwerk nicht mehr verlassen, und ich bin in so was ziemlich ängstlich. Aber gestern abend war es mir einfach egal.

Das nächste, was ich weiß, ist, daß wir auf ihrem Bett saßen, Seite an Seite, an die Wand gelehnt, oh, Himmel. Andrea fragte mich, ob ich mich in der College-Sache schon entschieden hätte, und ich konnte nur sagen, ich wisse es noch nicht. Ich schätze, ich schiebe es einfach weg. Bis zum Ende der Woche habe ich ja wohl noch Zeit. Und außerdem wollte ich nicht darüber reden. Ich fing an, ihr zu erzählen, wie toll ich Mic' Kurs finde, und daß ich denke, es geht dort darum zu schreiben, wie man die Sachen wirklich fühlt. Daraus entspann sich ein ganz tolles Gespräch über Kunst und wie durch sie Dinge ausgedrückt werden – Andrea meinte, daß sie mit ihren Skulpturen Sachen sagen kann, die sie anders nicht sagen könnte. Wir redeten immer weiter.

Aber dann! Gerade als ich das Gefühl hatte, daß wir beide leergeredet waren, sagte sie, sie sei müde, und lehnte den Kopf an meine Schulter. Mein Inneres tat einen Satz, omeingott! Na ja. Ich bin ja schließlich kein Stein, also legte ich die Hand auf ihren Kopf und strich ihr durchs Haar. Genau wie am Sonntag abend, und es fühlte sich genauso irre gut an, soviel ist sicher. Oh oh oh!

Das war's, was die nächsten zehn Minuten passierte. Das und nichts sonst. Ich werde ihr bestimmt nicht auf den Leib rücken. Ich nicht. Ich meine, sie vertraut mir, und ich würde niemals, niemals – und als das Gebitzel unerträglich wurde, HERRGOTT BITZELBITZEL-

BITZEL!, sagte ich, ich müsse noch ein bißchen für Geschichte lernen. Sie gab so eine Art Ooooch von sich. Vielleicht hätte ich ja bleiben sollen. Aber ich konnte nicht! Ich meine, da war dieser Impuls, lieber Gott, dieser Impuls. Und jetzt, nachdem ich Rita gelesen habe, kann ich nicht mehr anders, als ihn als das zu sehen, was er ist.

So ist es nun mal – bin ich nun mal.

23. April 1980, Mittwoch

Ich habe heute nachmittag auf meinem Zimmer gehockt und zu lesen versucht, und Andrea war oben im Atelierraum mit ihrem Zeug beschäftigt. Ich hatte Sehnsucht nach ihr, das muß ich zugeben, dieses Ziehen in meinem Inneren! Aber ich weiß nicht, ich weiß nicht. Ich bin mir nicht sicher, ob ich das aushalte, dieses Gefühl, wenn ich mit ihr zusammen bin. Vielleicht ist eine kleine Pause ja mal ganz gut.

25. April 1980, Freitag

Scheiße. Ich weiß nicht, was ich den Rest des Schuljahrs mit mir machen soll. Ich will, will, will! Arrrgh! Zähneknirschen!

Ich war den ganzen Tag drüber weg, und dann das: Wir sind uns auf dem Rückweg ins Wohnheim begegnet, zehn Minuten vor Zapfenstreich.

Tja. Wir standen neben dem Fußweg, unter dem Ginkgobaum, und das Licht der Laterne und die Schatten der

Äste tanzten auf deinem Gesicht. Und ich hatte nur den einen Wunsch, dich an mich zu ziehen und zu halten und dein Gesicht zu berühren – sanft, mit einem Finger.

Großer Gott! Und nicht nur das!
Ich wollte sie küssen!
Oh, Gott!

Sie sah mich an, und da war etwas in ihren Augen – was? – und es war, als ob sich irgendwas in mir aufbäumte, nur einen Sekundenbruchteil, ehe mich diese Flut hinweggeschwemmt hätte, die da in mir anschwoll. Ich machte eine ruckartige Armbewegung und sah auf meine Uhr, und wir hatten noch eine halbe Minute bis zur Anwesenheitskontrolle.

Wir rannten. Wie der Teufel. Sie war zuerst an der Tür, aber ich überholte sie auf der Treppe. Als wir auf meinem Treppenabsatz waren, flitzte ich mit einem kurzen »Bis später!« davon.

Gott, ich hoffe, das war nicht unfreundlich! Aber es war einfach zu brenzlig. Auf der ganzen Linie. Schauder! Was zum Teufel soll ich nur tun?!

Und was war das da auf ihrem Gesicht, in diesem stummen, reglosen Augenblick – etwas Weiches, die Spur einer Frage??? Oh, Gott, jetzt fange ich schon an, mir Sachen zurechtzuphantasieren! Es ist unmöglich, du weißt es, also quäl dich nicht auch noch selbst!

27. April 1980, Sonntag

Habe gerade mit Dad telefoniert. Weiß nicht, ob ich irgendwas schreiben kann.

Aber ich denke – na ja, vielleicht könnte ich ja doch noch vier Jahre durchstehen. An einem Bristol-artigen Ort, meine ich. So schlimm ist es nun auch wieder nicht, oder? Außerdem kann ich damit umgehen. Das kann ich wirklich. Und der Campus vom Williams ist sehr hübsch, und außerdem haben die dort einen Reise-Club.

Vielleicht hat er ja recht – vielleicht wäre Hampshire ja wirklich zu flockig. Wahrscheinlich lassen sie einen dort einfach so durchrutschen, weil das eben heutzutage »hip« ist. Ich lege gewiß keinen Wert drauf, Staranwältin zu werden oder das »richtige« Diplom zu haben, aber ich lege Wert darauf, etwas zu lernen. Ich will nicht irgendwo hingehen, wo nur so getan wird, als ob. Am Williams erwarten sie eine Menge, das ist schon mal klar. Also würde ich dort bestimmt auch was lernen.

Vielleicht hat er ja recht. Vielleicht wäre es wirklich ein Riesenfehler, nach Hampshire zu gehen. Heute morgen habe ich noch anders gedacht, aber er hat gute Gründe für Williams gefunden. Wenn er nicht brüllt, kann mein Alter wirklich einleuchtend argumentieren.

29. April 1980, Dienstag

Ach, Scheiße. Ich will die ganze Sache noch rausschieben. Ich weiß, ich sollte ans Williams gehen. Ich weiß, es wäre vernünftig. Ich weiß, ich hätte heute morgen dort anrufen sollen. Ich muß es morgen tun. Basta. Weil ich sowieso schon irre spät dran bin. Ich glaube nicht, daß noch jemand unentschieden in der Luft hängt. Nur ich dumme Nuß.

Vielleicht wäre Williams ja gar nicht so übel. Vielleicht würde ich es dort ganz gut packen.

Aber verdammt, ich weiß noch genau, was ich für ein Gefühl hatte, als ich zur Besichtigung dort war, als ob ich dort einfach nicht atmen könnte. Und das erste, was ich an diesem verregneten Nachmittag gesehen habe, als wir in die Einfahrt bogen – diese Lawine von gelben Regenjacken, die den Hang runterrollte, Hunderte von Studenten, alle in identischen wohlanständigen Regenklamotten, die über den Rasen stapften. Eine gelbe Flut! Hilfe, ich ertrinke!

Trotzdem! Vielleicht übertreibe ich einfach. Vielleicht reagiere ich einfach hypersensibel.

Ich weiß nicht. Ich weiß einfach nicht!!

HILFE!!!!!!!

30. April 1980, Mittwoch

Verdammte Hacke, ich gehe nach Hampshire!!!!!

Eine erstaunliche Abfolge von Ereignissen, Ladies und Gentlemen, führte zu dieser jähen und folgenschweren Entscheidung!

Ich gehe nach Hampshire, ich gehe nach Hampshire!

Und bin praktisch bei Andrea um die Ecke! Na ja, nicht ganz, aber ganz nah. Verdammt nah.

Heiliger Strohsack, ich kann's nicht fassen.

Aber es ist genau das, was ich wollte. Ich konnte es mir nur nicht eingestehen. Ein Glück, daß ich heute nachmittag auf dem Sportplatz Mic über den Weg gerannt bin – buchstäblich. Wir waren beide joggen. Ich hatte immer noch nirgends angerufen, was ein ziemliches Unding ist. Wenn es mir gelungen wäre, es noch länger hinzuziehen, würde ich im Herbst gar nirgends hingehen!

Aber wir trafen uns beim Joggen und trabten beide so vor uns hin, und auf einmal rief sie zu mir rüber: »Na, wo gehst du nun hin, Stevie?«

»Erst mal zurück ins Wohnheim«, witzelte ich. Sehr clever, was?

»Du weißt, was ich meine! Wohin gehst du?«

»Ich weiß nicht.«

»Wohin möchtest du denn gehen?« Wir bogen gerade in die Kurve. Ich antwortete nicht, biß die Zähne zusammen. Sie wiederholte ihre Frage, jedes Wort deutlich artikulierend. »Wohin möchtest du gehen?« Mit besonderer Betonung auf »möchtest«.

»Hampshire«, sagte ich. Es kam einfach so rausgerutscht. Ich war selbst überrascht!

»Du gehst also nach Hampshire?«

»Ich weiß nicht!« Wir rannten ziemlich schnell, und ich fühlte, wie meine Lungen sich blähten, fühlte den anschwellenden Schmerz. Aber da war auch diese Power, in der Art, wie wir um die Kurve zogen, gleich schnell, Seite an Seite. Wir rannten und rannten, und dann, als das letzte lange Stück Grün vor uns lag, sahen wir uns an und sprinteten los! Flogen dahin, mit trommelnden Schritten, die Sonne in den Augen. Da war so was im Nebeneinander unserer Körper, im Rhythmus unseres Laufs. So was wie Gemeinsamkeit. Das ganze Stück zurück bis zum Wohnheim.

Danach standen wir beide vornübergebeugt da. Und als wir uns aufrichteten, sahen wir uns an und mußten einfach lachen. Ich kann gar nicht sagen, worüber genau, nur, daß es etwas war, was mit diesem Gefühl zu tun hatte, etwas, was wir beide wußten, auch ohne es auszusprechen.

Wir standen noch ein Weilchen da, machten ein paar Dehnübungen, ohne groß zu reden. Dann sagte Mic, sie müsse jetzt gehen. Sie hatte das eine Bein auf dem Geländer der Kellertreppe. Sie fixierte mich.

»Stevie!« sagte sie. Sie nahm das Bein runter und richtete sich auf.

Einen Moment lang machte mir ihr eindringlicher Ton Angst. »Was?« fragte ich.

»Gehe, wohin dich dein Herz trägt, Stevie.«

»Mein Herz?« echote ich.

»Ja, geh den Weg, den dir dein Herz weist. Das ist alles, was ich dir sagen kann. Der Rest liegt bei dir.« Sie wandte sich zum Gehen. »Ach, ja – und viel Glück. Wir sehen uns im Unterricht!« Sie marschierte ins Haus. Einfach so. Ich hörte die Tür hinter ihr zufallen, und ihre Worte klangen in meinem Kopf nach, und ich dachte daran, wie mein Herz eben gepocht hatte, als wir beide über den Rasen gesprintet waren und wie richtig es sich angefühlt hatte, und ich dachte darüber nach, wie manche Dinge sich einfach richtig anfühlen. Selbst, wenn man das nicht erklären kann.

Ich rannte zurück in mein Wohnheim. Ich kann nur sagen, daß Dad nicht gerade beglückt war, als ich ihn anrief. Er explodierte regelrecht. Fast wäre ich wankend geworden. Aber ich hielt durch. Umklammerte den Hörer mit meinen immer noch schweißfeuchten Händen und wartete einfach ab. Während er tobte, ich wüßte ja nicht, was ich täte, ich würde mein Leben ruinieren und hätte auch gleich auf die miese High School daheim in Vermont gehen können, wenn es das sei, was ich wolle.

Ich wehrte mich nicht. Aber ich gab auch nicht nach. Für mich ist das ziemlich gut. Und ich weiß, daß ich es schaffe; ich weiß, daß er Hampshire zahlen wird, weil ihm der Gedanke, ich könnte ganz aus der höheren Bildungslaufbahn aussteigen, noch schrecklicher ist als die Vorstellung, daß ich nach Hampshire gehe. Trotz all der »Spinner, Schwärmer und verdrehten Typen«, wie er sich auszudrücken beliebte.

Herr im Himmel, wenn er wüßte, was in meinem Kopf vorgeht! Aber ich muß ihm ja nichts davon erzählen.

Es ist schließlich mein Leben, oder? Und mein Studium. Das wird es dort in Hampshire sein. MEIN Studium. Wenn ich etwas lernen will, kann ich es. Es liegt an mir. Und es wird das sein, was ich lernen will, nicht das, wovon irgendein Eliteschulen-Greis meint, daß ich es wissen müßte.

1. Mai 1980, Freitag

OMAIOMAI

Wo zum Teufel steckt Andrea? Ich weiß, ich habe mich auch nicht gerade viel blicken lassen, habe mich die letzte Woche ziemlich verkrochen, aber verdammt noch mal, sie ist überhaupt nirgends mehr. Heute war sie nicht mal beim Softball. Ich habe sie gerade eine Minute nach dem Unterricht gesehen – mußte ihr doch das mit Hampshire erzählen. Und sie schien auch froh drüber, aber dann verschwand sie trotzdem sofort. Ins Atelier natürlich.

Geht sie mir aus dem Weg? Oder werde ich nur langsam ein bißchen paranoid?

2. Mai 1980, Samstag

Herrgott, sie verzieht sich sofort nach dem Abendessen! Haut einfach ab. Ein kurzes Winken und ein »Muß ins Atelier, tschüs«, und das war's! Himmel! Ich habe sie seit Tagen nicht gesehen, und was zum Teufel soll ich heute abend anfangen? Was zum Teufel denkt sie sich? Glaubt sie vielleicht, ich sitze einfach rum und warte, bis sie eines schönen Tages wieder von ihrem Rapunzelturm runtersteigt und unter die Menschen zurückkehrt? Ist das ein gottverdammter Test oder was?

ICH BIN SO STINKSAUER!
$#*!&#$%!!?

(AUSRAST AUSZEIT)

3. Mai 1980, Sonntag

!!!!!

4. Mai 1980, Montag

Hört, hört!

Gestern morgen eineinhalb Stunden beim Brunch, und keine Andry – wo steckt sie? Wo, wo, wo!!!!!! Etwas in mir platzte, brach weit auf – nur noch Arme und Herz, nur loslaufen und sie suchen! Und das tat ich dann auch.

Sie war oben in dem himmelblauen Atelier, saß auf einem Hocker, über den großen Tisch gebeugt – den lilabehemdeten Rücken zur Tür gewandt. Herz, Magen und sämtliche anderen Innereien in der Kehle, stieß ich die Tür auf, und sie drehte sich um, guckte erst nur flüchtig, sah dann, daß ich es war, und verharrte in dieser verdrehten Haltung. Ich wußte nicht, was zu sagen. Ich war außer mir, stumm. Schließlich sagte ich: »Hi.«

Sie sagte »Hi.« Offenbar wußten wir beide, daß in dem Schwall Luft, den ich reingelassen hatte, etwas lag. Sehr peinlich. Andry kämpfte mit ihrer Sitzposition. Das Schweigen wurde immer drückender.

Ich konnte nicht mehr. Ich fragte: »Wo bist du gewesen?« Wenn das nicht direkt war! Andrea machte eine ausholende Armbewegung, die langen Finger fuhren durch die Luft, das Tuch leuchtete so rot in ihren schwarzen Locken, daß sie zu glühen schien. Meine Augen folgten dem Bogen ihrer Hand. Ich sagte einfach irgendwas – daß sie wohl eine Menge geschafft haben muß. Sie nickte auch schon und wollte gerade loslegen, über dieses Stück und jene Skulptur. Ich weiß, ich sollte mich für ihre Kunst interessieren, und meistens tue ich es auch, aber ich spürte, wie sich ein Teil von mir loszulösen begann, so, als wollte ich wieder wegdriften, mich im Nebel verlieren. Ich faßte nach mir, um mich festzuhalten, und faßte damit zugleich nach ihr und platzte heraus: »Du fehlst mir, Andry!«

Sie hielt inne und sah zu Boden, als sei sie verlegen. Das Schweigen verdichtete sich wieder, und ich wollte Terpentin in dieses geballte Loch zwischen uns kippen, es anzünden und hineinspringen und brennen und lodern. Aber das Lodern war in mir, zu heftig jetzt, eine Explosion, und aus mir heraus brach dieser Wortschwall, ob ich ihr irgendwas getan hätte, ob sie böse auf mich sei, mich satt habe, sonstwas. Was?

Sie schüttelte heftig den Kopf, sagte immer wieder: »Nein, es liegt nicht an dir, es liegt an mir. An mir.« Protestierte, daß sie mich niemals satt kriegen würde, niemals, und wie ich so was nur denken könne?

Wie konnte ich? Aber ich dachte es. Und ich glaube, ein Teil von mir denkt es noch immer. Tief drinnen kann ich nicht glauben, daß irgend jemand länger dableibt als eine gewöhnliche Stallkatze, wenn ihr versteht, was ich meine.

Aber dabei sah ich sie die ganze Zeit an. Wie ich ihren Anblick inzwischen genieße! Ihre feinen Züge und diesen schwarzen Lockenschopf und den kleinen Knick in ihrem linken Ohr und die Linie ihrer Schlüsselbeine gleich unter dem offenen Hemdkragen. Und die Art, wie sie mit den Händen redet, wie ihre Augenbrauen sich mit den Worten heben und senken. Und ihre Augen. Diese Augen. Wie oft würde ich noch so dasitzen können und sie in mich reintrinken, ohne es auszusprechen?

»Ich liebe dich!«

Sie sah jäh auf. Mein Herz schrie auf, wollte sich verkriechen, aber ich sah sie an. Und dann kam es ruhig aus ihrem Mund: »Ich liebe dich auch«. Oh! Diese wilde Hoffnung, die in mir hochstieg! Ich gestehe hier und jetzt, daß ich es die ganze Zeit über gehofft hatte; es war dieses kleine, ungebärdige Stimmchen tief drinnen in mir. Aber da ist noch diese andere Stimme. Die, die immer warnt: »Das wäre zu schön, um wahr zu sein! Mach dir keine Hoffnungen, es wird nicht passieren! Es wäre zu schön, um wahr zu sein!«

Aber diesmal kam ich dieser Stimme zuvor, und die Worte waren schon draußen, ehe ich es mir anders überlegen konnte. »Aber ich liebe dich wirklich, Andrea.« Schluck, jetzt kam es, alles oder nichts.

»Wirklich?« Ihr Kopf war gesenkt, aber ich konnte sehen, wie sich die eine Braue hob.

»Ja. WIRKLICH. Nenn mich ein Monster, wenn du willst, aber es ist so.«

»Ein Monster?« Sie sah mich kaum an.

»Ja – ich meine, ich weiß nicht, wie du über so was denkst. Aber falls es dich – na ja – abstößt, kann ich das verstehen.«

»Was so was? Wovon redest du?«

»Diese Art Liebe!« sagte ich und kam mir so idiotisch vor. Und hatte schreckliche Angst. Was, wenn –? Ach, zum Teufel, sag's schon, jetzt ist es sowieso zu spät. Ich gestikulierte mit einer Hand. »Na ja – Liebe – Liebe wie bei Romeo und Julia, aber du bist kein Junge!« Ein Teil von mir schrie den Rest an, er solle die Klappe halten. Aber es war zu spät!

»Und du bist auch keiner«, sagte Andrea langsam, in einem sachlichen Ton, der aber wohl trotzdem seiner selbst nicht ganz so sicher war.

»Nein, eben, aber vielleicht einfach ein Monster.« Warum mußte ich mich selbst so runtermachen? Aber ich hatte solche Angst. Da stand ich, immer noch in der Tür, ganz Hoffnung, ganz Angst. Angst, daß Andrea mich jetzt, da sie mein Geheimnis kannte, aus ganzem Herzen verabscheuen würde.

Schweigen. Schweigen. Noch mehr Schweigen. Ich stand da, die Hände in die Taschen gestemmt, und fühlte mich langsam wirklich wie ein Monster. So dazustehen und zu warten, kann einen echt fertigmachen. Ich dachte, vielleicht sollte ich gehen. Aber ich wollte verdammt sein, wenn ich einfach so ging, nachdem ich mich so weit vorgewagt hatte! Außerdem konnte ich mich sowieso nicht rühren, ich stand wie angewurzelt auf der Türschwelle und wartete.

Und sie – sie betrachtete ihre Hände, zuerst die Handrücken, dann die Handflächen, sah nicht auf, sah mich nicht an. Zwei Minuten? Drei? Ich konnte es nicht mehr aushalten. Es gärte und gärte in mir, und schließlich schäumte es einfach über. Ich mußte es wissen, auf Gedeih oder Verderb, egal, nur wissen mußte ich es! »Andry?!« Fragend, fast fordernd. Sie sah auf, die eine Hand mit der anderen umklammernd, das Gesicht gerötet.

»Na ja«, setzte sie an. Pause. Dann so eine Art Lachen, aber nicht von der freien, sondern eher der nervösen Sorte. Mein Herz hing in der Luft, strebte ihr entgegen. Dann noch ein Augenblick unerträglichen Schweigens, und sie machte diese Kopfbewegung, als wollte sie etwas abschütteln, und sagte: »Verflixt noch mal, Stevie, wenn du ein Monster bist, dann bin ich auch eins!« Mein Herz landete mit einem verblüfften Bumm!

Ich starrte sie an, und sie sah zurück, die Augen groß und ruhig, und plötzlich hatte ich das Gefühl, daß ich zum erstenmal im Leben an die Oberfläche kam, daß mein Herz in die Weite dieser Augen eintauchte, in ihr

Grünblau, ihren Blick, der mich aufsog. Ich tat ein paar Schritte auf sie zu, durch die Luft, die von diesem Gefühl zwischen uns erfüllt schien. Und es war, als ob dieses Gefühl immer schon dagewesen war, aber in diesem Moment plötzlich hervorbrach – wie die Sonne, wenn sie sich am Morgen endgültig löst und über den Horizont emporsteigt. So schien es da im Raum zu hängen, strahlend und wirbelnd.

Ich sagte: »Lieber Gott, wie kann das monsterhaft sein, so wie es sich anfühlt?« In der Hoffnung, daß sie wußte, was ich meinte, daß sie sich genauso fühlte. Und dann weiß ich nur noch, daß sie nickte, von ihrem Hocker glitt und wir uns endlich, endlich! in den Armen lagen! Fest und eng umschlungen.

Andrea! Laß mich nie wieder los!

5. Mai 1980, Dienstag

Wie kann die Welt nur so wie immer und gleichzeitig so anders sein? Das kapiere ich nicht. Ich laufe rum und sage Sachen im Unterricht und esse im Speisesaal und trage die Klamotten, die ich immer getragen habe. Alles genau wie vorher. Aber alles ist verwandelt, aufgeladen, ANDERS!

Wenn wir zum Beispiel im Flur aufeinander zugehen und unsere Blicke sich begegnen und alles um uns plötzlich irgendwie erstrahlt! Wieso merken das nicht alle? Im Unterricht sitzen wir nebeneinander, soweit nichts Neues, aber großer Gott! da ist so was wie ein vibrierender Raum in den zwei Handbreit Abstand zwischen uns. Knister! Und wir gehen in ihr Zimmer und schließen die

Tür, als ob wir was zu besprechen hätten, und niemand guckt hin, aber wir liegen dort, auf dem Bett, und halten uns in den Armen, und es ist so anders als alles Reden zuvor, diese neue Sprache aus halben Worten und Gesten von Händen auf Körpern.

Wahnsinn! Sieht das denn nicht jeder? Na ja, hoffentlich nicht, wenn ich's mir recht überlege.

6. Mai 1980, Mittwoch

Heute nach dem Essen haben wir noch ein bißchen mit Liddy und Duncan rumgesessen. Zum erstenmal seit langem. Ich weiß nicht – die beiden sind wirklich sehr dicke miteinander. Ich fragte mich: sie werden doch nicht? Da denke ich die ganze Zeit, wie seltsam, daß niemand was von Andrea und mir merkt, und dabei spielt sich vielleicht direkt vor meiner Nase ...?

Na ja, aber wenn, dann ist das wohl ihre Sache.

Ansonsten ist das hier so anders als alles zuvor. So habe ich mich noch nie gefühlt. Ich denke mir, so, das ist es also, wovon sie immer reden, einfach unglaublich irre und wichtig. Ich möchte darüber schreiben, aber wie soll ich es ausdrücken?

8. Mai 1980, Freitag

Oh, Gott, was mit mir alles passiert! Ich meine, heute ist Freitag, noch keine ganze Woche seit dieser Szene im Atelierraum, nicht mal eine Woche, und es ist, als sei ich völlig verwandelt. Das mit Rik hat mich überhaupt nicht darauf vorbereitet! Mit ihr schwimme ich wie im Ozean – Huiiiii! Mit ihm war es eher ein lahmes Gepaddel in der Badewanne.

Aber wie kann man diesen Ozean beschreiben? Schreibt überhaupt jemand über so was? Okay, Rita Mae tut es, das wissen wir. Doch sie ist eine erwachsene Frau und verdient sich ihre Brötchen selbst und ist nicht auf einer gottverdammten Privatschule und davon abhängig, daß ihr Dad das College bezahlt. Was ist, wenn jemand was merkt? Eltern sind eine Sache und schwierig genug, aber was ist mit den anderen hier? Was, wenn Mic dahinterkommt? Verdammt, mit Rik war es doch genauso, der ewige Zwang, sich zu verstecken. Ein großes düsteres Geheimnis. Aber das hier ist schlimmer. Eine Beziehung mit einem Lehrer ist skandalös, okay, aber das hier ist etwas ganz anderes, ich meine, das fällt unter ANDERSRUM, LESBISCH, PERVERS.

Oh Gott, ich bemühe mich, nicht darüber nachzudenken. Wie ich zu Andry sagte, oben im Atelier, als ich auf sie zuging: »Was kann daran monsterhaft sein?« Großer Gott, ich liebe sie einfach! Was ist so schlimm daran? Es ist Liebe! Aber dennoch durchzuckt es mich manchmal, wenn ich neben ihr liege, oder auch im Unterricht, selbst wenn sie nicht mal da ist, schießt es mir plötzlich durch den Kopf: unmöglich, SO WAS tut man nicht! Wie kannst du nur solche Gefühle haben, einfach widerlich! Frauen tun sich mit Männern zusammen, nicht mit Frauen! Du bist pervers! Dabei hatte ich noch nicht mal dieses Ding im Kopf, von wegen erwachsen werden und heiraten und Kinder kriegen, wie so viele Mädchen. Aber das hier hatte ich auch nie vor!

Aber andererseits ist da das, was ich fühle! Wie zum

Teufel soll ich mich dagegen wehren?! Wie sollte ich je wieder davon ablassen, von ihr, von mir selbst? Ich will nicht leben, wenn ich nicht so empfinden darf. Aber vielleicht könnte ich ja irgendwann auch einem Mann gegenüber dasselbe fühlen? Warum nicht? Vielleicht habe ich einfach nur noch nicht den Richtigen getroffen. Ich meine, wenn man bedenkt, was war –! Nicht, daß Rik ein gemeiner Kerl wäre oder was, aber verdammt noch mal, er hätte mein Vater sein können, ganz im Ernst. Kein Wunder, daß ich da für ihn nicht dasselbe empfunden habe. Ich meine, wie zum Teufel sollte man sich richtig in den eigenen Vater verlieben? Ganz zu schweigen von irgendeinem ekligen Onkel! Vielleicht treffe ich ja irgendwann, wenn ich auf dem College bin, einen Mann und empfinde dasselbe für ihn. Daß ich Andry gegenüber so fühle, heißt doch nicht, daß ich nicht irgendwann auch einem Typ gegenüber so fühlen kann, oder? Einem netten Jungen! Aber ich weiß, hier gibt es keinen, für den ich solche Gefühle haben könnte! Ich bin lange genug hier, um das zu wissen! Also brauche ich mir darüber im Moment nicht den Kopf zu zerbrechen. Und außerdem werden Andry und ich immer beste Freundinnen sein, ganz egal, was passiert.

9. Mai 1980, Samstag

Später Nachmittag. Wir liegen auf meinem Bett, sind gerade vom Joggen zurück. Noch eine Stunde bis zum Abendessen, und der Stuhl ist unter die Türklinke geklemmt.

Liege ich auf ihr? Ja. (Habe ich das eben geschrieben?

Ja, doch. Schreib weiter! Ich muß schreiben, sonst platze ich noch! Schreib über all das, was kein bißchen pervers ist!)

Ich erkunde ihr Gesicht, mit dem Finger fahre ich die kurze Nase entlang, um die kleinen Ohrmuscheln – Gott, wie ich diese kleine abstehende Stelle oben an ihrem rechten Ohr liebe! – und herunter zu ihren Schlüsselbeinen. Wow!

Ich nehme meine Hand weg und reibe meine Nase an ihrer, aber gleich darauf zieht es mich wieder abwärts – es passiert einfach so! – und ich schmiege mein Gesicht an ihren Hals und atme sanft in ihre Haut.

Und wieder – ich halte es einfach nicht aus! Ich tauche auf, um Luft zu holen. Frage sie: »Seit wann hast du's gewußt?«

Es dauert eine Sekunde, bis sie mit einer Art Kopfschütteln zu sich kommt. »Was gewußt?«

»Na ja – was du, äh, fühlst.«

»Für dich, meinst du?« Sie hebt den Kopf und schaut mich an, und ich drehe mein Gesicht weg und vergrabe es in dem Kopfkissen mit der Matisse-Katze drauf.

»Ja. Für mich.« Meine Stimme kommt halberstickt aus dem Kissen.

»Oh, Gott! Seit ich dich zum erstenmal gesehen habe!« Sie lacht. Ich linse hoch. Sie guckt zum Fenster. Ich sehe das Licht in ihren Augen.

»Wirklich?«

»Ja. Ich sah dich in den Speisesaal kommen, groß, mit deinem schwingenden dicken Zopf und langen Schritten, und ehe ich mich's versah, wußte ich schon: ›Das ist die Richtige für mich!‹«

»Das hast du gedacht?« Ich piepse es förmlich hervor und vergrabe mich noch tiefer im Kissen.

»Kannst du bitte da rauskommen?« fragt sie und dreht sich zu mir. Ich verharre einen Moment still, hebe dann den Kopf und sehe sie ebenfalls an. Wir liegen jetzt beide auf der Seite, einander zugewandt. »Okay«, sagt sie und fährt mir mit einer Hand durchs Haar. Ich fühle die losen Strähnen in ihren Fingern. »So ist's gut. Ja, das habe ich gedacht. Genau das.« Ich will meine Augen mit der Hand verdecken, weil ich einen Schüchternheitsanfall habe, aber ich tu's nicht. »Und du?« fragt sie. »Seit wann weißt du's?« Ein kurzer Stich in meinem Inneren. Ich möchte ihr sagen, daß es mir natürlich ganz genauso gegangen ist. Aber das stimmt nicht.

»Oh, auf jeden Fall seit dem Eishockey«, sage ich. Unsere Gesichter sind sich so unglaublich nahe, ihre Augen ruhig auf meine gerichtet. Ich drehe mich ein wenig weg, gucke an die Decke. »Seit diesem ersten Training damals nach Weihnachten, als ich neben dir auf der Bank im Umkleideraum saß. Lieber Gott! Es war, als ob mich dieser Wind packte und zu dir hinwehte! Ganz nah zu dir! Aber ich hatte damals keine Worte dafür. Es hat mich nur total aus der Fassung gebracht. Weißt du noch? Ich bin schleunigst aufgesprungen, um meine Sachen zu holen!«

Andry nickt, grinst über die eine Wange. Dieses schiefe Grinsen, das ich an ihr so süß finde! Der ganze Mund zieht sich nach einer Seite hoch. »Also, ich hatte gleich Worte dafür!« erwidert sie. »Ich hab nur ein Weilchen gebraucht, um es zu glauben.«

»Wieso?« frage ich. »Wieso mußte ich dich erst dort im Atelier aufstöbern? Wieso hast du's mir nicht früher gesagt? Du bist doch sonst immer die, die keine Probleme hat, Sachen auszusprechen!«

Sie lacht, aber über sich selbst. Sie sagt: »Ich habe mich

nicht getraut. Ich hatte Angst davor, was das bedeuten würde. Ich war mir sicher, daß du dich nicht drauf einlassen würdest.«

»Warum?« will ich wissen. Sie schweigt einen Moment, und zuerst denke ich, sie wird es mir nicht sagen. Ich sehe, wie sie überlegt. »Ach, komm, sag's mir!« Ich lege die Hand auf ihr Handgelenk.

»Na ja«, kommt es langsam heraus, »ich wollte auch nicht, daß du mich für ein Monster hältst!« Das kann ich verstehen! Aber ich sehe an ihrem Gesicht, daß da noch was ist, etwas, was sie zurückhält.

»Ach, komm! War dir nicht klar, daß ich verrückt nach dir war – bin!?!«

»Ich war mir nicht sicher!« Sie schleudert die Worte leidenschaftlich heraus und spricht weiter: »Und außerdem hast du immer mit Mr. Wood zusammengesteckt!« Da wirbeln noch mehr Worte ihre Kehle herauf, aber ich sehe, wie sie die Zähne zusammenbeißt. Mein Kopf brummt.

»Ja«, sage ich rasch, »ich schätze, ich war schwer damit beschäftigt, mich babysitten zu lassen.«

Andry stützt sich auf ihren Ellbogen. »Babysitten?« fragt sie. Ich nicke, aber wie soll ich mehr darüber sagen? Ich kann nicht.

»Ich wußte ja nichts«, sage ich, indem ich mich unter sie schiebe und meine Hände auf ihre Schultern lege, »davon.« Ich streiche mit den Händen über ihren Rükken, auf und ab. »Ich wußte nichts davon«, sage ich noch einmal und lasse meine Hände über ihren Körper gleiten, und dann reden wir nicht mehr, bis es Zeit zum Abendessen ist.

10. Mai 1980, Sonntag

Ich kann's nicht. Kann nicht nackt schreiben. Jedenfalls nicht heute.

11. Mai 1980, Montag

Heute im Kurs: Mic redet vom »Schreiben aus dem Bauch«, und ich sitze da und siede vor mich hin. Die letzten Wochen haben wir immer diese kurzen Skizzen verfaßt, von Menschen, Orten und Dingen, lauter Beschreibungen. Letzte Woche habe ich darüber geschrieben, wie es war, dort oben im Wipfel dieser großen Tanne bei uns daheim zu sitzen. Natürlich habe ich ausgelassen, warum ich dauernd dort oben war – um mich vor meinem widerlichen Onkel zu verstecken. Beim Lesen habe ich gemerkt, daß dieser Teil fehlt. Aber ich glaube, es ist trotzdem ein ganz guter Text. Mic hat er auch gefallen.

Aber ich habe die ganze Zeit das Gefühl, daß ich platze, von all dem anderen, was in mir ist! Irgendwo muß es ja hin! Das, was ich fühle! Es kocht und brodelt, und irgendwann werde ich explodieren! Was soll ich damit machen? Ich muß wohl noch intensiver versuchen, es hier reinzuschreiben.

13. Mai 1980, Mittwoch

Soviel kann ich schreiben: wie wir heute nachmittag einfach nur auf meinem Bett lagen und lachten und uns berührten. Berührten, berührten, berührten!
Und plötzlich fiel mir dieser Traum ein, den ich letzte Nacht hatte – wieder über Kit, aber diesmal kann ich sie sehen. Sie sitzt ganz oben im Wipfel einer Tanne und maunzt. Und ich – ich will zu ihr, aber ich stecke in diesem stachligen Gebüsch fest. Ich versuche, zwischen den Ästen durchzukriechen, aber überall ist nur noch mehr Gestrüpp.

Schauder. Während wir beide auf meinem Bett lagen, fing ich an, Andrea von meinem Traum zu erzählen, selbst erstaunt, wie die Worte aus mir rauspurzelten. Sie hörte mir zu. Sie ist eine gute Zuhörerin. Und sie weiß, was Kit für mich bedeutet. Sie weiß es.

Du liebe Güte, Kit ist tot, seit ich in der Achten war, aber trotzdem! Diese Träume, die ich habe! Nicht dauernd, aber immer wieder, ein Haufen von Kit-Träumen. Gott, ich wünschte, sie würde wieder hier auf meiner Brust liegen und im Schlaf schnurren. Irgendwie schienen das die Nächte zu sein, in denen er nicht kam – wenn sie bei mir war.

Natürlich habe ich Andrea nichts von dieser Philip-Sache gesagt. Aber ich habe ihr erzählt, wie ich in jener einen Nacht mit Kit so was ähnliches wie schlafgewandelt bin, wie ich mit ihr aufstand und im Schlaf genau wußte, daß sie und ich aufbrechen mußten, um die Welt zu retten, daß sie genau verstand, es war unsere Mission, obwohl sie nur eine Katze war. Wir schmiedeten zusammen Pläne. So war es eben.

»Ich will sie wiederhaben!« sagte ich. Lieber Gott. Wie

ein kleines Kind. Verrückt. Aber dann fing Andrea einfach an, dieses Kinderlied zu singen, das, das ich früher auch so gern gemocht habe:

Die Katz ist wieder da, schon nach einem Tag,
dacht, ich seh sie nimmermehr,
aber sie kam wieder her,
weil die kleine Katz gar nicht weg sein mag!

Wir sangen es beide zusammen, immer wieder von vorn. Das war mehr als nur ein Jux! Eine Art vollkommener Augenblick, jenseits aller Alptraumnächte, jenseits aller Dinge: Wir beide, nebeneinander auf dem Bett, Haut an Haut, singend: »Die Katz ist wieder da –«

Etwas in mir war für einen Moment ganz und gar heil.

17. Mai 1980, Sonntag

Wie kann ich erfassen, was in dieser Nacht passiert ist, alles, das Gute und das Schlechte, das Ganze? Ich glaube, ich sollte am Anfang anfangen – wie wir mit Liddy und Duncan zu dieser Tanzfete gingen; wir haben die letzte Woche viel mit den beiden gemacht.

Wir eroberten uns also ein Eckchen und fingen an zu tanzen. Und ich muß sagen, mir scheint, daß Duncan und Liddy genauso gern miteinander tanzen wie Andry und ich! Klar, ich weiß es nicht sicher, aber Andry denkt auch, es könnte sein.

Jedenfalls, wir waren also dort, und sie spielten die alten Motown-Titel – lustige Sachen wie »Signed, Sealed, Delivered«, und wir tanzten wie die Besessenen. Die meiste Zeit hatten wir unsere Ruhe. Ich meine, Ken tanzte mal zwischen uns, ganz allein, für ein paar Songs, aber das hat mich nicht gestört. Er ist ganz in Ordnung. Aber dann kam Klein-Jeanie auch noch an – um mit ihm zu tanzen, schätze ich. Das fand ich nicht so toll. Und Ken wohl auch nicht. Mann, erinnert mich dieses Mädchen an mich, so wie ich mit vierzehn war! Ziemlich bedürftig, würde ich sagen. Aber sie ist aufdringlicher, als ich es war – fing einfach an mit Ken zu tanzen, ohne ihn zu fragen, ob er wollte. Aber nach einem Song schien sie irgendwas zu sehen, und sie verzog sich wieder.

Ken tanzte immer weiter, und dann kam noch Eliot dazu – er und Ken sind in letzter Zeit ziemlich dicke miteinander. Wir machten Pantomime zu den Texten, blödelten rum. Es war toll! Diese beiden Typen sind echt lustig. Nicht so wie die anderen Jungen. Aber nach einer Weile gingen sie. Punsch holen, sagten sie, aber ich wette, es ging eher um Hasch. Der DJ legte jetzt was Langsames auf, und Liddy und Duncan gingen sich ebenfalls Punsch holen – wahrscheinlich wirklich – und ließen uns allein zurück. Also beschlossen Andrea und ich, einen kleinen Walzer aufs Parkett zu legen. Glaub ja nicht, daß wir das können, aber wir tanzten, die Arme umeinandergelegt, schon eng, aber nicht so eng. Ich meine, man legt es ja nicht darauf an, Aufmerksamkeit auf sich zu ziehen. Und es ist ja nicht so, daß hier Mädchen nicht miteinander tanzen würden. Das kommt schon vor, und es bedeutet gar nichts. Rein gar nichts.

Aber dann sah ich auf, und da, fünf Meter weiter, an einer der Säulen, stand Rik, zusammen mit Jeanie. Mit diesem – es gibt kein anderes Wort dafür – fiesen Grinsen im Gesicht. Mir stockte der Atem, und Andrea kriegt ja immer alles mit! Sie fuhr herum, um mitzubekommen, wo ich hinsah, und obwohl Rik sich gerade abwandte, sah sie sein Gesicht noch. Ich hörte sie zischen: »Dieses miese Schwein!«

Tja. Wir tanzten weiter, aber irgendwie war es zwischen uns nicht mehr so wie eben noch, und wir spürten es wohl beide. Mir rutschte das Herz in die Hose. Dieses hämische Grinsen auf seinem Gesicht, als sei irgendwas Schmutziges an uns, als sei er über alles im Bilde, über jede Bewegung, jeden Geruch, jeden Laut, die Art, wie ihre Hüften beben, wenn ich mich auf ihr bewege. Er konnte das alles sehen. Und ich hatte das Gefühl, daß es der ganze Saal sehen konnte, und mich überkam diese gräßliche Panik. So wie in diesen Träumen, wenn man in der Unterwäsche in die Schule kommt und es plötzlich merkt und weiß, daß alle anderen es auch gemerkt haben!

Aber das Verrückteste war, daß ich auf einmal Andrea gegenüber so ein komisches Gefühl hatte, daß ich dachte, wer ist sie denn überhaupt, vielleicht ist sie ja seltsamer, als mir klar ist. Jetzt habe ich das Gefühl nicht mehr, und ich glaube nicht, daß ich es je wieder haben werde, aber gestern abend hatte ich es eine Zeitlang. Schauder! Es war schrecklich! Ich versuchte, irgendwelche Ausreden zu finden, um mich allein zu verdrücken, aber Andrea wollte mich nicht gehen lassen. Sie wollte mit.

Als wir in mein Zimmer kamen, konnte ich kaum reden. Andrea kochte, sagte immer wieder: »Dieses Schwein, dieser Mistkerl! Warum kann er dich nicht einfach in Ruhe lassen?!« Ich stieg mit all meinen Kleidern ins Bett und lag da wie ein Stein, stumm. Sie stapfte im Zimmer auf und ab. Nach einer Weile kam sie und setzte sich auf die Bettkante. Zuerst wollte ich nicht, daß sie mich berührte, wegen dem, was in seinem Blick gewesen war, so, als könnten wir uns nicht berühren, ohne daß er und sein dreckiges Grinsen im Raum standen. Mir war kotzübel.

Aber dann strich sie mir über den Kopf und sang mir ein paar von ihren Liedern vor. Ich fühlte mich besser, als ob das die Gedanken an ihn vertrieb, als ob nur noch wir da wären, sie und ich, so, wie es sein sollte. Ich konnte wieder reden. Ich sagte, daß ich wolle, Rik solle mich in Ruhe lassen. Sie sagte, er habe geglotzt, als ob er meine, ich gehöre ihm, und ich sagte – ich sagte es wirklich! »Na ja, irgendwie war das auch so!«

»Nein«, Andrea schüttelte den Kopf. Heftig. »Egal, was du tust, du kannst einen anderen Menschen nicht besitzen. Guck dir doch an, wie es bei uns ist! Aber ich denke trotzdem nicht, daß du mir gehörst!«

Wie sollte sie es je verstehen, wenn ich ihr nicht die Wahrheit sagte? Das konnte sie gar nicht! Mußte sie aber! Also sagte ich: »Ja, aber er und ich, wir waren lange so zusammen!«

Sie wandte sich mir zu, und für einen Moment sah ich an ihren Augen, daß sie das schon gewußt hatte, daß sie aber irgendwie doch gehofft hatte, es sei nicht wahr. Aber jetzt war es raus. Ich hatte es gesagt. Mich durchzuckte diese Angst: Jetzt habe ich es getan! Jetzt werden sie mich beide hassen! Rik, wenn er je dahinterkommt, weil ich es weitererzählt habe, und Andrea, weil ich je mit ihm auf diese Weise zusammen war.

Aber da war nur für einen Sekundenbruchteil dieses Wissen in ihren Augen, und dann schien es, als ob ihre übrige Person sich darüber hinweggesetzt hätte.« »Die Zeit spielt keine Rolle«, sagte sie. »Ich würde nie so was mit dir machen! Oder dich so angucken! Herrgott noch mal! Er hat uns angeguckt, als seien wir Nutten! Dieses miese Schwein!«

Ich lag auf meinem Bett, genoß das Streicheln ihrer Hand und fragte mich, ob ich mich je so von ganzer Seele empören könnte. Andry ist da anders als ich – hitziger. Rik hatte schon recht, als er sagte, sie sei ein weiblicher James Dean! Aber um ehrlich zu sein, ich hatte auch das Gefühl, ihn ein bißchen in Schutz nehmen zu müssen. Okay, er hat sich bei der Tanzfete beschissen benommen, aber so schlimm ist er nun auch wieder nicht. Ich glaube, wenn er wirklich wüßte, was das bei mir anrichtet, würde er uns nicht so angucken.

Aber das konnte ich Andrea natürlich nicht sagen! Und da ich mich wieder besser fühlte, war es Zeit, weitere Entscheidungen zu treffen. Wir standen also nach einem Weilchen wieder auf, gingen duschen und verabredeten uns – erstmals – nach der Anwesenheitskontrolle auf meinem Zimmer, um zusammen zu schlafen. Ich wollte ihr nicht endgültig gute Nacht sagen müssen. Ganz und gar nicht. Ich wußte zwar, daß mir nicht nach Rummachen war, aber ich wollte auch nicht, daß sie wegging.

Gegen zwölf wurde meine Tür hastig aufgerissen, und sie schlüpfte herein, noch hastiger. Sie grinste, auf dieses schiefe Art, ein bißchen verlegen. Ich war auch verlegen. Irgendwie verlieh dieser Entschluß, die Nacht – eine ganze Nacht! – miteinander zu verbringen, allem ein besonderes Gewicht. Wir legten uns ins Bett, redeten und küßten uns ein bißchen, und Andrea griff nach dem Schalter und knipste das Licht aus, und plötzlich war alles von der Dunkelheit verschluckt. Von jener Art Dunkelheit, die einen bei lebendigem Leib fressen kann. Aber war das nicht ihre Stimme an meinem Ohr? Ja, aber in dieser Finsternis war es trotzdem, als könnte sie irgend jemand sein, oh, Himmel, und mich überkam dieses total verrückte Gefühl! Anders als vorher, eine Art inneres Rotieren, immer im Kreis, als ob ich in einem riesigen Spülbecken herumwirbelte und gleich im Abfluß verschwinden würde. Andrea berührte mich, aber ich regte mich nicht. Sie sagte: »Stevie?«

Zuerst antwortete ich nicht. Das war ihre Stimme, oder? Aber ich mußte sie sehen! »Können wir das Licht anlassen?« fragte ich. Sie schwieg einen Moment neben mir im Dunkeln, überlegte wohl, und ich sagte, fast schon flehend: »Bitte?!« Sie streckte die Hand aus und knipste die Lampe wieder an. Nach der Dunkelheit war das Licht grell, aber welche Erleichterung! Das war wirklich Andry da neben mir! Andrea Snyder und niemand anders.

»Alles klar?« Sie beugte sich über mich.

»Im Dunkeln werde ich manchmal nervös«, erklärte ich. »Macht's dir was aus, wenn wir's anlassen?« Ich sah, daß sie die Idee nicht gerade berauschend fand, und kam mir so kindisch vor! Aber ich konnte dieses Gefühl des Verschlungenwerdens nicht aushalten. Wie sollte ich ihr das je erklären? Ich verstehe es ja selbst nicht! Ich fragte noch mal: »Macht's dir was aus?«

»Ist schon okay«, sagte sie, und ich hatte den Eindruck, daß ihr gerade klargeworden war, es müsse wohl sein. Wir redeten noch ein bißchen, über den Sommer und daß sie daheim in Northampton mit ein paar Freunden zusammen als Maler-Team arbeiten will. Sie sagte, es seien wirklich nette Leute, und ich könne doch vielleicht auch mitmachen. Nach dem momentanen Stand habe ich weiter nichts vor, als nach Georgeville zu fahren. Also ginge es ja vielleicht. Wenn ich es bringe, mit meinen Eltern drüber zu reden, heißt das. Dad wird vermutlich der Meinung sein, ich solle entweder in Vermont bleiben oder für ihn arbeiten. Graus! Und ehrlich gesagt, ich glaube, ich habe ihm für dieses Jahr genug zugemutet!

Jedenfalls, wir unterhielten uns noch ein bißchen, und nach meinem kleinen Verrücktheitsanfall war alles lockerer, und dann höre ich auf einmal aus weiter Ferne Andrea sagen: »Bist du am Einschlafen, Stevie?« Ich war's!

Sie ließ mich. Ich schlief, träumte mich durch meine erste Nacht mit ihr. Träume, durchsetzt mit jenen kurzen halbwachen Momenten in ihren Armen. Einmal lag sie auf dem Rücken, und ich schlang die Arme um sie, und im Schlaf drehte sie sich zu mir und kuschelte sich an mich! So süß!

Aber das ist noch nicht alles.

Wenn du's tun kannst, kannst du's auch hinschreiben, oder?

Na ja ... zunächst mal, ich wurde zuerst wach, genau wie allmorgendlich in den Ferien. Aber diesmal konnte ich mich ohne jede Verlegenheit auf den Ellbogen hochstützen und schauen und schauen, alles an ihr in mich aufsaugen. Was für ein Anblick! Wie sie da lag, zu mir gewandt, den einen Arm auf der Decke, den anderen über ihrem Kopf auf dem Kissen, das Gesicht weich und entspannt, die Wangen, die sich mit ihrem Atem leise hoben und senkten. Und ich mußte daran denken, wie ich damals in Northampton auf diesen selben schlafenden Körper gestarrt und mich – wie Joni Mitchell in Rainy Night House – gefragt hatte, »who in the world you might be«.

Doch noch während ich so dalag, hörte ich ganz auf zu denken. Weil ich plötzlich nur noch eins tun konnte, und das war sie spüren, ihre Essenz, ihr »Sie-sein«, das von ihr ausging, nichts Geisterhaftes, mehr etwas wie eine heiße Suppe etwas von sich selbst in dem Dampf verströmt, der von ihr aufsteigt. Nicht, daß ich etwas gesehen hätte, aber es war trotzdem da. Sie. SIE.

Und in dem Moment wurde sie wach, und ihre Augen, die zuerst blinzelten und sich dann öffneten und in meine sahen, das Lächeln, das sich über ihr Gesicht breitete, die Art, wie sie die Arme um mich legte, ihr schlafwarmer Körper, das alles zog mich wieder hinunter in die Kissen, zu ihr, dicht zu ihr, in die Wärme zwischen den verwurstelten Laken.

Also. Wir lagen eine Weile einfach nur so da, aneinandergepreßt, und ich streichelte sie. Aber das passierte diese komische Sache. Ich weiß nicht, wie ich es sonst nennen soll. Es ist auch vorher schon passiert. Aber diesmal, ich weiß auch nicht, ich war irgendwie auf sie geklettert und wir bewegten uns, wie immer es sich richtig anfühlte, aber dann war da plötzlich dieses Gefühl, als ob mir ganz flau würde, aber nicht vom Magen her, es breitete sich zuerst in den Beinen aus, dann in den Armen. Ich versuchte so zu tun, als wäre es nicht da, aber das funktionierte nicht. Dann befahl ich ihm zu verschwinden, aber es schwoll einfach an, wie vor einer schrecklichen Szene in einem Film, wenn die Musik ganz unheimlich wird und man genau weiß, daß gleich etwas Schlimmes passiert. Und das Schlimme hatte nichts mit Andrea zu tun, es war in MIR. Denn wenn ich die Augen schloß, fühlte ich mich als etwas Riesiges und Bedrohliches über ihr schweben, und dann war es nicht mehr ich selber, die ich sah, sondern die anderen – ich war eine von ihnen. Ich stieß mich mit einem Arm ab und rollte von ihr runter, an die Wand.

»Was?« sagte sie. »Was?« Ihre Hände griffen nach meinem Gesicht. Ich wollte es ihr natürlich nicht sagen. Ich zog mir den Rand des Lakens über den Kopf.

»Was habe ich falsch gemacht? Was habe ich denn getan?«

Ich schüttelte meinen verhüllten Kopf, und aus mir kam es halberstickt heraus: »Es hat nichts mit dir zu tun, gar nichts, es hat überhaupt nichts mit dir zu tun.«

Ich hörte die Gereiztheit in ihrer Stimme. »Ich wüßte nicht, mit wem sonst, Stevie, ich sehe niemanden hier in diesem Zimmer außer uns beiden. Ich meine, wenn du jemand anders gern hast oder was, oder wenn du mich einfach nicht magst, dann sag es mir um Himmels willen!« Ihre Stimme hatte trotz des Flüsterns etwas Schrilles, fast schon Verzweifeltes, das mir mit scharfen Klingen die Brust aufriß.

»Oh Gott, Andry, nein, ich liebe dich! Ich liebe dich so sehr! Es ist nur ...«

Lange Pause. Ich verkroch mich tiefer unter der Decke wie ein scheues Tier.

»Nur WAS?«

»Es sind diese – na ja, Ungeheuer, die kleine Kinder fressen und kleine Katzen, Schwarzer Mann-Männer oder einfach Männer, ich weiß nicht. Es ist so, wie wenn ich mit keinem Typen in einen dunklen Raum gehen kann, weil ich nie weiß, ob er mich nicht auf der Couch festnagelt und sich auf mich wirft. Und wenn ich so auf dir bin, dann habe ich das Gefühl, daß ich einer von ihnen werde! Ein Monster. Als ob ich dich dazu zwingen würde oder was. Als ob ich dich fressen wollte.«

Die Decken bewegten sich jetzt in Wellen, lauter Mini-Erdbeben um mich herum, und dann erschien am Eingang zur schummrigen, feuchten Decken-Welt Andreas Gesicht. »Stevie«, sagte sie, »Stevie, ich will es! Ich liebe es, wie du mich berührst und wie ich mich dabei fühle. Ich würde dich nicht lassen, wenn ich es nicht wollte!«

»Bist du sicher?«

Ihr Gesicht war jetzt verdutzt, als sei ich ein vertracktes Rätsel. »Klar bin ich das. Wieso nicht?«

Ich konnte nichts sagen. Ihre Hand strich leicht über meine Wange.

»Ungeheuer haben lauter gräßliche Haare, die ihnen aus dem Kinn sprießen, nicht wahr?« sagte sie. »Ich finde, dieses Kinn fühlt sich ziemlich glatt an, Liebste.« Sie schwang einen Arm hoch, und die Decke hob sich, rote Falten ergossen sich auf den Fußboden. »Du siehst auch nicht wie ein Ungeheuer aus! Dafür bist du viel zu mager. Und außerdem hast du freundliche Augen.«

Sie hatte sich jetzt aufgerichtet und setzte sich auf meine Hüften. Sie blieb einen Moment so sitzen und sah mir ins Gesicht. Was sie da sah, weiß ich nicht genau, aber ihre Stimme wurde weich. »Sehe ich wie ein Ungeheuer aus?«

Das Problem war, daß sie mir einen Augenblick lang wirklich so vorkam – na ja, eigentlich war es nicht sie, sondern ein dunkles Etwas dort zwischen ihr und mir, eine Wolkenmasse, die sich zusammenballte wie eine Gewitterfront. Vielleicht war es ja das, was sie sah, der Schatten, der auf mein Gesicht fiel.

»Stevie!« Ihr Flüstern rief mich. »Stevie! Schau mich an! Mich.« Ich tat es. Ich sah sie an. Die Wolke löste sich auf, Schwaden drifteten davon, und da war wieder dieses Gefühl von ihr, ihr geballtes Sein, so, wie wenn ganze Eimer Ahornsaft zu einem Glas warmer Masse eingedickt sind und man nur einmal schnuppern muß, um zu wissen, das ist echter Ahornsirup und sonst gar nichts. Andrea Snyder sah mich an, und ich sah zurück.

Und sie beugte ihr Gesicht über meins. »Darf ich dich anfassen?« fragte sie. »Willst du das?« Und ich wollte! Dieses plötzliche Schwellen in mir, ein überreifer Pfirsich, der platzt! Ich nickte. Ich sagte ja. Und dann glitten ihre Hände über meinen Körper, von oben nach unten, und zuerst wunderte ich mich, wann sie loslegen würde. Aber sie tat es nicht, es war überhaupt nicht so, sie streichelte mich einfach nur überall, meine Arme, alle beide, dann mein rechtes Bein, die ganze Länge und bis hinauf zum Bogen meiner Hüfte. Und irgendwo unterwegs hörte ich auf zu denken, ich war nur noch ein Etwas, das ihre Berührung spürte, nur noch jemand, der spürte, wie ich mich mit ihr zu bewegen begann, wie irgend was tief in mir sich durch meine Haut ihren Fingern entgegenreckte, wie meine Stimme ihren Namen sagte, wie meine Hände sich nach ihrem Gesicht ausstreckten und mein Mund dem ihren entgegenstrebte. Und sie rollte von mir runter, blieb aber dicht über mich gebeugt, auf den einen Ellbogen gestützt, und küßte mich, während ihre andere Hand mich immer noch überall streichelte und dann über die kleine Rundung meines Bauchs abwärts fuhr und ich mich ihrer Handfläche entgegenwölbte und wir uns beide bewegten, sie sich mir entgegenbeugte und ich mich ihr entgegenreckte, wie ein Tanz, dort auf dem Bett, und wie wir den Raum mit unserer Bewegung erfüllten und tanzten und tanzten und unsere Körper eine Flut von Farben verströmten.

Und ich trank sie in mich hinein, ließ mich von ihr erfüllen, während sie tiefer und tiefer vordrang, und dann schwamm ich auf dem Ozean in mir, und die Flut schwoll an, und mein Körper wurde von einer Welle emporgetragen, einer gewaltigen Welle, immer höher und höher, und trieb dann für einen Moment auf dem weißen Wellenkamm dahin, wurde von der nächsten Welle erfaßt und trieb wieder dahin, und ich schwebte schwerelos unter dem weiten Himmel und schließlich empor, empor, empor, denn die letzte Woge katapultierte mich geradewegs in den Himmel, und mein ganzer Körper öffnete sich ihr wie eine aufgehende Knospe im Zeitraffer, auseinanderberstende Blütenblätter, und ich glitt sanft und langsam abwärts, abwärts, und landete wieder im Bett, neben ihr, lachend vor schierer Wonne, und Andrea küßte mich, ihre Augen strahlend vor Entzücken.

18. Mai 1980, Montag

NUR NOCH DREI WOCHEN BIS ZUR ABSCHLUSSFEIER!

Heute beginnt der Countdown. Nur noch einundzwanzig Tage!!!!!!

Was gibt es nach diesem letzten Eintrag noch zu sagen? Ich kann nicht glauben, daß ich das alles hingeschrieben haben soll! Gott, wenn ich noch mehr in dieser Art schreiben will, sollte ich wirklich gründlich sicherstellen, daß niemand je dieses Tagebuch zu Gesicht kriegt.

Vielleicht bin ich ja zu argwöhnisch, aber da war diese komische Sache mit Liddy, heute beim Mittagessen. Ich weiß nicht genau, aber es hat mir eine Heidenangst eingejagt. Ich bin mir nicht sicher.

Jedenfalls, ich saß allein da. Der Speisesaal ist im Moment nicht mein Lieblingsort; ich möchte nur essen und mich dann wieder verdrücken. Aber sie kam rüber. Zuerst war es ja ganz nett; wir redeten über die Fete und wie toll es war, so zu tanzen, alle zusammen. Aber dann fragte sie mich, warum Andrea und ich so plötzlich abgehauen seien.

Was sollte ich sagen? Ich erfand irgendeine blöde Ausrede, von wegen keine Lust mehr, und dachte, damit wäre die Sache gegessen. Aber sie saß da und drehte diese matschigen Spaghetti auf ihre Gabel. Ich konnte sehen, daß etwas in ihrem Kopf vorging. Mir wurde ganz klamm innerlich.

»Hmm«, sagte sie, »ich dachte schon, dir sei vielleicht schlecht geworden. Du sahst nicht gerade gut aus. Ich meine, wir standen zwar ein ganzes Stück weit weg, aber ich hatte trotzdem das Gefühl, du hättest einen Geist gesehen oder so was, daß du einfach mittendrin zu tanzen aufhörst! Betz meinte, Andrea hätte dir vielleicht eins in den Magen verpaßt!«

Ich bin sicher, daß ich ein verdattertes Gesicht gemacht habe. »Nicht direkt«, sagte ich. Und dann wußte ich nicht mehr, was ich sagen sollte. Ich bin eine so lausige Lügnerin. Man gebe mir Papier, einen Stift und ein bißchen Zeit, und ich erfinde jede Sorte Geschichten. Aber nicht aus dem Stegreif! Also stotterte ich irgendwas – daß ich plötzlich das Gefühl gehabt hätte, mein Tampon würde nicht mehr dichthalten. Scheiße. Es gehört schon eine ganz schöne Portion Verzweiflung dazu, auf so eine Ausrede zu kommen!

Aber diese Liddy! Sie läßt nicht gleich locker. Sie murmelte wieder hmm! und schaufelte dann stumm die Nudeln in sich hinein. Ich sah, wie sie diese letzte Information verarbeitete. Dann guckte ich auf meinen Teller. Vielleicht ein bißchen zu hastig. »Hmm«, sagte sie. »Komisch. Ich hatte einfach den Eindruck, du hast irgendwas gesehen, was dir überhaupt nicht gefallen hat.« Ihr Satz endete in diesem vagen Frageton.

»Es war die Vorstellung, alles vollzubluten, die mir nicht gefallen hat!« sagte ich. Reichlich plump, dein Humor, Stevie! Aber ich dachte, verdammt, vielleicht bohrt sie noch weiter. Gott sei Dank tat sie's nicht. Aber ich sah für einen Moment diesen Ausdruck auf ihrem Gesicht, als ob sie mir nicht recht glaubte.

Verdammt, ich frage mich, wieviel sie gesehen hat. Ich frage mich, ob sie Andrea auch darauf ansprechen wird. Was würde Andry wohl sagen? Sie ist mies auf Rik zu sprechen, sie könnte sich verplappern. Oder Schlimmeres? Herrgott, schon der Gedanke macht mich total nervös, kirre!

Okay. Danach bin ich ziemlich bald abgehauen. Das war vielleicht nicht sehr höflich, aber dieser Ausdruck auf ihrem Gesicht! So eine Art Spannung, als ob sie irgendwie wüßte, daß da mehr war, als ich ihr sagte. Wahrscheinlich würde sie es gern aus mir rausquetschen. Oder vielleicht aus Andrea? Oh, bitte, halt den Mund, Andry! Bitte, bitte, bitte! Er bringt mich um, wenn je irgendwas davon durchsickert. Ich weiß, er macht mich KALT.

19. Mai 1980, Dienstag NOCH 20 TAGE

VERDAMMTE SCHEISSE

Warum juckt es mich überhaupt, was ich in dieser verdammten Prüfungsklausur habe? Warum geht es mir nicht einfach am Arsch vorbei!!!!!

Okay, okay, eine Zwei ist schließlich nicht <u>so</u> schlecht, oder? Nein, nicht <u>so</u> schlecht, aber auch nicht gut genug, verdammtnochmal!!! Zumal ich <u>weiß</u>, daß ich besser bin als manche von den Leuten, die eine Eins gekriegt haben. Vor allem Eliot.

Scheiße noch mal, warum kann ich heute nicht das Gefühl haben, das ich an dem Tag hatte, als wir den Test geschrieben haben? Da war es mir wirklich schnurz; wichtig war, was ich geschrieben hatte, nicht die blöde Note.

Ich wette, der Korrektor war irgendein arrogantes, borniertes Arschloch, jemand, der Shakespeare für das Maß aller Dinge hält. Deshalb habe ich eine Zwei gekriegt und keine Eins. Wenn es jemand wie Mic gewesen wäre...

20. Mai 1980, Mittwoch NOCH 19 TAGE

Ich war nicht dabei, aber kann es mir vorstellen! Andrea, schmal und agil, oben auf dieser engen Empore, die hier als Galerie herhalten muß, wie sie ihre Sachen für die Abschluß-Ausstellung aufbaut. Sie ist schwer in Action, stellt ihre Skulpturen immer wieder um, ohne aufzuschauen, total konzentriert. So ist sie bei so was. Währenddessen kommt er den Gang entlang, eine Hand in der Tasche. Er ist schon fast bei ihr, ehe sie ihn bemerkt, aber als sie ihn sieht, fährt sie zusammen – wenn auch nicht sichtbar.

Sie hat es mir heute abend erzählt, nach dem Essen, nach unserer Kaffee-, Coke- und Kippen-Session. Ich hatte gemerkt, daß sie irgendwie ein bißchen daneben war, wußte aber nicht, warum. Also fing sie an zu erzählen. Zuerst sagte ich so was wie: na ja, was erwartest du? Schließlich stellen Andreas Skulpturen Frauen dar. NACKTE Frauen. Ich denke schon, daß sie da bereit sein muß, einiges einzustecken. Das hier ist kein Guggenheim-Museum. Natürlich werden da einige Typen blöde glotzen.

»Es waren nicht nur ihre blöden Gesichter, Stevie!« Das brach so heftig aus ihr heraus, daß ich meine Klappe hielt. Ich hatte nicht gewußt, daß sie in diesen Dingen so empfindlich ist. Na ja, man weiß eben nie. Aber obwohl ich mich bedeckt hielt, redete sie immer weiter – erzählte mir noch mal, daß Rik wieder diesen Blick draufgehabt hatte, wenn auch nicht ganz so kraß wie am Samstagabend.

»Was war's denn dann?« Diese verdammte Neugier, die mich Fragen stellen läßt, wenn ich die Antwort gar nicht hören will. Verflucht.

Und da erzählte mir Andrea, wie er die Skulpturen angefaßt hatte, ihnen mit den Händen die Beine hinaufgefahren war! Und was er dazu gesagt hat. Heiliger Bimbam! Daß Andrea wohl eine Menge praktischer Studien getrieben haben müsse, um ihre Figuren so lebensecht hinzukriegen.

Aber vielleicht hat er es ja gar nicht so gemeint! Andrea sagt, sie weiß, daß er es haargenauso gemeint hat, aber ich denke, vielleicht wollte er sagen, sie hat ein gutes Auge oder so was –

– oder vielleicht ist er einfach nur eifersüchtig. Das ist doch einleuchtend, oder? Ich kann das verstehen. Ich meine, ich hätte zwar nie gedacht, daß ihm irgendwas genug ausmacht, um eifersüchtig zu sein, aber vielleicht hat es ihn ja doch ein bißchen angekratzt, uns tanzen zu sehen, und deshalb ist ihm das rausgerutscht. Ich verstehe schon, warum es Andrea genervt hat, aber ich glaube nicht, daß er es so fies gemeint hat. Ich kenne ihn schließlich ein bißchen! Das war sicher ein Ausrutscher. So schlimm ist er nun auch wieder nicht. Ich wünschte, sie würde nicht so stinkig reagieren.

21. Mai 1980, Donnerstag NOCH 18 TAGE

Auuauuauuauuauuauuauuauuauuauuuuuuuu!

Die Krönung ist, daß Mom mich heute abend angerufen hat. Das ist als solches schon bemerkenswert genug. Aber die Ironie liegt darin, daß sie mir sagen wollte, sie und Dad hätten über diese Sache mit dem Maler-Team im Sommer gesprochen, und sie fänden beide, daß es eine gute Idee sei.

Scheiße. Jetzt, wo es zu spät ist. Andrea will mich diesen Sommer ganz bestimmt nicht in Northampton haben. Sie will mich überhaupt nicht mehr um sich haben, basta. Scheißescheißescheiße!

Heute abend war ich allerdings noch ein bißchen mit ihr zusammen – im Café-Raum, mit Duncan und Liddy. Ken und Eliot kamen rüber an unseren Tisch – sie hängen in letzter Zeit ziemlich oft mit uns rum. Sie wollten wissen, ob wir beim Abschlußstreich am Samstag abend mitmachen. Geplant ist, Phillips Volvo in den Speisesaal zu wuchten – ein nettes Plauschthema beim Sonntags-Brunch.

Wir sagten alle ja. Selbst ich! Aber zum Teufel, was soll's. Wenigstens kann ich Andrea zeigen, daß ich nicht die Streberleiche bin, für die sie mich hält.

Aber trotzdem, ich bin sicher, jetzt ist es zu spät. Sie hat sich so um acht verzogen. Hat mir kaum einen Blick zugeworfen, als sie ging. Ich dagegen sah ihr nach, und als ich mich wieder zu den anderen wandte, merkte ich, daß Liddy mich beobachtete.

Aber damit kann ich mich jetzt nicht befassen. Oh, Gott, Andrea, Andrea, Andrea! Arrrrgh! Ich will zurück nach Hause! Bitte, laß mich wieder heim!

Oh, Gott, zu spät. Zu spät, zu ihr zurückzufinden, zu spät für alles. Ich fühle mich wie ein kleines totes Ding auf der Landstraße, plattgefahren, weggeworfen. Ich könnte wenigstens noch ein Gedicht daraus machen. Aber mir ist klar, auch dafür ist es zu spät.

24. Mai 1980, Sonntag NOCH 15 TAGE

DAS DARF NICHT WAHR SEIN!!!!!!!!!!

Bellows hat heute abend eine Extra-Versammlung aller Abschlußschüler einberufen. Und zwar, um uns »gemeinen Vandalismus« und »schamlose Angriffe auf die Integrität eines Lehrers« vorzuwerfen. Er sagte, es werde keinen Abschlußball geben, ehe sich die »beteiligten Individuen« nicht gemeldet hätten.

Du liebe Güte, ich wußte, wenn jemand mein Gesicht sieht, bin ich dran. Also habe ich meine Baseballmütze aufgesetzt.

Aber eine kleine Mütze wird mich nicht vor Rik schützen. Ich schätze, jetzt muß ich dran glauben. Jetzt kann er nur noch den einen Drang haben, mich umzubringen. Ich meine, mich wirklich ABZUMURKSEN.

Mein Gott, warum habe ich sie einfach gehen lassen? Warum habe ich sie nicht zurückgehalten? Aber ich war total drauf konzentriert, mit Eliot und Ken die Klassenzimmertüren zuzukleben – unser kleiner Neben-Abschlußstreich. Ich weiß nicht, wieso ich da mitgemacht habe. Aber sie haben gesagt, es sei nicht so wild und würde keinen bleibenden Schaden hinterlassen. Weit gefehlt, wie sich herausgestellt hat. Ich wünschte, ich wäre bei der Auto-Aktion geblieben. Aber da waren schon etwa zwanzig Leute, darunter auch Duncan und Liddy; sie brauchten uns nicht. Und Ken und Eliot sagten, sie bräuchten uns dringend.

Herrgott, ich Idiot.

Okay, wir knieten also alle vier vor den Klassenzimmertüren und strichen das klebrige Zeug auf die Türkanten, als Andrea plötzlich aufstand und sagte, sie sei gleich wieder da. Ich sah auf, rief ihr nach, wo sie hinwolle, und sie antwortete über die Schulter, sie habe noch ihren persönlichen kleinen Streich vor und wir sollten einfach weitermachen, sie sei gleich zurück. Na ja, es hat mich schon gewurmt, daß sie ging, es wurmt mich immer, egal, in welcher Situation, aber ich dachte nicht weiter drüber nach. Ken und Eliot und ich strichen also weiter Kleber auf die Türen, und ich muß zugeben, eine Weile war es ganz lustig. Und aufregend, wie in einem Krimi, wegen des Nachtwächters, aber Ken sagte, der werde frühstens um halb vier seine Runde drehen.

Nach einiger Zeit wunderte ich mich dann aber doch, wo Andrea hin war, und mich überkam so eine ungute Ahnung, obwohl ich nicht genau wußte, was ich befürchtete. Aber irgendwie spürte ich den Drang, den Flur runterzurennen, zu Riks Klassenraum.

Und tatsächlich! Da war sie, ganz hinten, mit dem Gesicht zur Wand, und es sah aus, als schriebe sie etwas an die Tafel, aber es war nicht die Tafel, sondern die Wand. Kalter Schock ergriff von meinem Körper Besitz, als hätte mir jemand zerstoßenes Eis ins Blut gekippt.

»Was machst du da?« krächzte ich. Der Raum war dunkel, aber im Schein der Laternen draußen auf dem Parkplatz erkannte ich nach und nach, was ich nicht glauben konnte, obwohl ich es vor mir sah – diese Schrift an der Wand, mit Lippenstift hingekritzelte Worte, die ich noch nicht entziffern konnte. Andrea fuhr herum, und als ich auf sie zuging, sah ich ihr Gesicht, einen Ausdruck, den ich noch nie an ihr gesehen hatte, stolz und wütend und flehend zugleich.

Sie drehte sich wieder zur Wand und ließ einen lauten Schwall los, Sachen, von denen ich nie gedacht hätte, daß ich sie je aus ihrem Mund hören würde, Sachen, Sachen!!! Daß Rik ein mieses Schwein sei, das kriegen müsse, was es verdiene, daß er sich einbilde, er könne Schülerinnen vögeln und ungestraft davonkommen, daß er ein Arschloch sei wegen dieser Bemerkung über ihre »praktischen Studien«. Und so weiter. Ich stand wie erstarrt in der Flut ihrer Worte.

Aber dann riß ich mich los. Ich rannte zu ihr, packte von hinten ihre Hand. Las: »Rik Wood macht sich über Schülerinnen her! Rik Wood ist ein geiler Bock!!!« Immer wieder die gleichen Sätze, rings um den Raum, überall, in großen dunklen Rotschwüngen. Ich ließ wohl so eine Art Schrei los, es war, als würde ich von dieser monströsen Riesenwelle überrollt, ich weiß nicht, was, aber ich versank. Ertrinkend.

Denn es war ja nicht er allein, es war doch auch ich. Ich doch auch! Warum muß Andrea es in die ganze Welt hinausschreien! Jeder hier an der Schule weiß, daß ich immer mit ihm zusammen war, wer sonst könnte gemeint sein als ich! Wie konnte sie mir das antun!!!

WIE KONNTE SIE!!!!!!

Himmelherrgott, jetzt flipp nicht mittendrin aus. Vergiß nicht, da ist eine Geschichte zu erzählen. Also, mach schon!

Ach, scheiß auf die Geschichte! Das reicht doch wohl! Die Pointe ist doch klar!

Oh nein, Stevie, laß nicht weg, was dann kam, den Teil, wie du ihre Hand so fest gequetscht hast, daß dieser verblüffte Ausdruck von Schmerz über ihr Gesicht zuckte, den Teil, wie sie den Lippenstift fallen ließ und das Ding über den Fußboden kullerte. Und vergiß vor allem nicht den Teil, wie etwas in dir gerissen ist und du zur Tür gestürzt bist und zum Heim gerannt und allein hierher in dein Zimmer.

Allein.

Wer hat hier wen nicht verdient?
Egal, jetzt kann ich einpacken.
Ich bin geliefert.

25. Mai 1980, Montag NOCH 14 TAGE

FRÖSCHE IM REGEN

Nachts, wenn die nasse Straße
ein schwarzer Spiegel ist
und grellweiße Ströme aus Frontscheinwerfern fließen
sind sie da, hocken
wie steinerne Statuen ihrer selbst
auf dem dunklen Teerglanz
meditieren über das Geräusch, das ein Tropfen

macht
wenn er auf etwas Festes schlägt

Fluten von Scheinwerferlicht
ergießen sich über die reglose Versenkung
der unerschütterlichen kleinen Buddhas,
und die Straße ist meilenweit übersät
mit feuchten Häufchen, wo sie in der Bahn
der Reifen saßen
und das Geräusch erkannten, das ihr pralles
Leben macht,
wenn etwas Festes auf sie schlägt.

26. Mai 1980, Dienstag NOCH 13 TAGE

Ich habe Rik überhaupt nicht gesehen! Er bleibt wahrscheinlich erst mal in Deckung. Vielleicht bin ich ja erst später dran. Keine Ahnung. Absolut keinen Schimmer. Aber eins ist gut: wenigstens verkündet Bellows überall, dieses Zeug an der Wand sei nichts als »üble Verleumdung«. Ich glaube nicht, daß er Rik überhaupt dazu befragt hat. Also ist Rik ja vielleicht gar nicht so böse. Ich meine, er hat ja keine echten Schwierigkeiten oder was.

Aber Bellows ist total geladen auf den Urheber der Graffiti! Gott, bin ich froh, daß ich es nicht war! Heute morgen hat er mich in sein Büro zitiert, und ich habe ihn noch nie so gesehen; er wirkte, als hätte jemand seine Mutter beleidigt. Richtig übel beleidigt. Ich saß da, auf dem Stuhl festgenagelt, und war kurz vor einem Nervenzusammenbruch.

»Es ist der Verdacht laut geworden, Stephanie«, sagte er, »daß Sie zu einer derartigen Dummheit imstande gewesen sein könnten.«

Um ein Haar hätte sein Trick funktioniert. Fast wäre ich herausgeplatzt: »Wer hat Ihnen das erzählt!« Aber ich riß mich zusammen und sagte: »Ich weiß nicht, wovon Sie sprechen. Mr. Wood und ich haben ein freundschaftliches Verhältnis. Ich würde meine Freunde nie so behandeln.«

Bellows saß da und nickte, den Blick auf die Wand gerichtet, ein Nicken, das besagte, ach, was Sie nicht sagen. Er fragte mich in absolut eisigem Ton, ob ich denn irgendeine Vermutung hätte, wer der Schuldige sein könne. Ich schüttelte den Kopf. Ich sagte kein Wort mehr, als unbedingt nötig war. Ich beharrte auf meiner Unschuld. Ich weiß, er kann nichts beweisen.

Aber trotzdem, ich kann's nicht fassen, daß sie mich in diese Scheißsituation gebracht hat!!!!!! Schöne Freundin!

Nur gut, daß sie mich in Ruhe läßt. Ich habe sie zwar manchmal im Unterricht und beim Sport um mich, aber das heißt noch lange nicht, daß ich mit ihr reden muß.

Ich muß noch nicht mal mehr über sie schreiben!

27. Mai 1980, Mittwoch NOCH 12 TAGE

Es war mein Fehler, daß ich Mic dieses verdammte Frosch-Gedicht gegeben habe. Was zum Teufel habe ich mir dabei gedacht? Ich hätte ebensogut gleich ein schriftliches Geständnis ablegen können! Du mußt noch viel lernen, Stevie.

Sie hat mich nach dem Unterricht zu sich gerufen. Ich bin zu ihrem Tisch gezockelt und konnte ihr nicht ins

Gesicht sehen. Als alle draußen waren, stand sie auf, um die Tür zuzumachen. Ich wäre am liebsten gleich rausgerannt und abgehauen. Sie kam zurück und setzte sich wieder an ihren Tisch. Ich stand ihr gegenüber. Konnte sie einfach nicht angucken. Als ich's doch versuchte, sah sie mich durchdringend an, ihre Augen fest auf mich gerichtet. Ich mußte den Kopf wegdrehen. »Mir geht es um dieses Gedicht, das du da geschrieben hast, Stevie«, sagte sie. Ich konnte nicht antworten. »Möchtest du darüber reden?« Ich schüttelte den Kopf, und eh ich mich's versah, kramte ich schon irgendeine blöde Ausrede hervor – daß ich zu Williams müsse, um über meine Prüfungsklausur zu reden.

Verdammt, ich lüge zur Zeit, wo ich gehe und stehe. Aber ich bin immer noch eine ziemlich lausige Lügnerin.

Sie ließ mich trotzdem gehen. Und ich schoß regelrecht aus der Tür. Ich kann's ihr nicht sagen. Ich weiß, sie würde denken, ich bin eine mieses kleines Flittchen. Und heimtückisch. Und obendrein noch unehrlich. Es gibt nichts zu erklären.

Es gibt nichts zu erklären, niemandem. Weil ich es mir ja noch nicht mal selbst erklären kann. Ich kann mir nicht mal mehr einreden, es sei Liebe gewesen – ich kenne den Unterschied jetzt! Warum also habe ich diese Sachen mit ihm gemacht? Gott, ich will mit gar niemandem darüber reden. Ich meine, ich sehe es doch an Andrea – ich weiß, sie findet es zum Kotzen, daß ich mit ihm geschlafen habe.

Scheiße! Ich habe solche Angst, daß ich irgendwann durch eine Tür spaziere und ihm direkt in die Arme renne. Oh Gott, wenn er mich irgendwo erwischt, bringt er mich auf der Stelle um. Wenn ich in der Schule rumlaufe, habe ich wieder die ganze Zeit diesen Verfolgungswahn – genau wie damals nach den Ferien.

Bitte, laßt mich hier raus!!!

28. Mai 1980, Donnerstag NOCH 11 TAGE

Warum muß ich noch elf gottverdammte Tage warten, bis ich endlich hier raus kann! Verdammt, wenn ich doch nur ein Auto hätte. Ich würde schleunigst verschwinden. Ganz egal, wohin, nur weg, weg, weg.

Die ganze beschissene Schule wußte es vor mir. Sie haben vermutlich schon am Nachbartisch drüber getratscht, und ich saß da, allein am Fenster. So ein Mist, daß man nun mal essen muß. Wenn ich nur mehr Taschengeld hätte, würde ich in die Snack-Bar gehen und keinen Fuß in diesen gottverfluchten Speisesaal setzen, das ist wie sich auf einem Teich niederzulassen, der ringsum mit Gewehren gespickt ist. Peng, peng, peng! Flieg weiter!

Aber da saß ich nun und versuchte, schnell zu essen und wieder abzuhauen, als plötzlich Liddy rüberkam und sich zu mir setzte. Wenn sie mit Duncan zusammen ist, ist sie ja irgendwie nicht so schlimm. Aber heute abend konnte sie ihre Neugier mal wieder nicht zähmen. Herrgott! Das macht mich fertig! So wie neulich, als sie wissen wollte, warum ich plötzlich aufgehört hätte zu tanzen. Aber du grüne Neune, ich hatte geglaubt, ich wüßte, was In-die-Enge-getrieben-sein ist! Diesmal hatte sie das Vergnügen – ich bin sicher, es war ihr eins –, mir zu eröffnen, daß Andrea heute bei Bellows war und alles gestanden hat – nicht nur die Graffitis, auch die Klebstoff-Aktion! Ich kann's nicht fassen! Ich konnte nicht mal mehr weiterkauen. Verdammt schwer, diesen Aufruhr in mir zu verbergen; ich kippte meinen Orangensaft runter. Und die ganze Zeit beobachtete mich Liddy – um zu sehen, wie ich reagierte, da bin ich mir sicher. Verdammte Hacke.

Und dann erzählt sie mir noch, daß sie selbst mit Andrea gesprochen habe, heute nachmittag, oben im Atelierraum – zoing! macht es da in mir drinnen! Ich sehe sie dort oben – verdammt, sie hat dich reingelegt, und das hier macht das auch nicht wieder gut! Und daß Andrea gesagt hat, sie habe einen »Persönlichkeitskonflikt« mit Rik, und es sei mit ihr durchgegangen, und da habe sie die schlimmsten Sachen an die Wand geschrieben, die ihr eingefallen seien.

Liddy wollte wissen, was ich davon hielt, von der Sache mit dem »Persönlichkeitskonflikt«. Weiß Gott, ich wollte nicht drüber reden! Warum läßt sie mich nicht in Ruhe? Ich sagte einfach nur, ich dächte, Andrea habe recht – das sei wirklich so ungefähr das Schlimmste, was man über einen Lehrer sagen könne.

Tja. Und dann machte Liddy diese komische Bemerkung, daß sie, wenn diese Graffiti-Sache ihre Aktion gewesen wäre, es nicht dabei belassen hätte – weil sie noch viel schlimmere Dinge über Rik Wood zu sagen wüßte. Noch viel, viel mehr, und alles wahr. Ich sagte gar nichts! Konnte nicht! Zuckte nur die Achseln. Was heißt das? Was hat Andrea ihr erzählt? Was, wenn meine liebe Ex-Freundin ihr erzählt hat, was ich meiner lieben Ex-Freundin erzählt habe? Und wenn sie Liddy dazu gebracht hat, es aus ihrer Sicht zu sehen?! Ich dachte fast, so was aus Liddys Blick herauszulesen. Gott, wenn sie es weiß, kann ich mich einsargen lassen, sie ist keine, die ihren Mund halten kann. Es wird in der ganzen Schule rumgehen. Und falls Rik bis jetzt noch nicht vorhatte, mich abzumurksen, wird er es dann mit Sicherheit wollen.

Ich darf gar nicht dran denken.

Diese verfluchte Andrea! Wahrscheinlich hält sie es für eine edle Tat, diese Klebstoff-Aktion auf ihre Kappe zu nehmen, um mich da rauszuboxen. Aber trotzdem – das andere ist passiert und nicht mehr rückgängig zu machen! Stimmt schon, es ist gut, daß Bellows Rik verteidigt, weil das Rik vermutlich davon abhalten wird, mich umzubringen, aber ich weiß, inzwischen rätselt die ganze Schule, was an der Sache wohl dran sei. Und ganz egal, was Bellows sagt, ein paar Leute werden sich fragen, ob nicht doch was dran ist, und ich weiß doch, was in den Köpfen abläuft, wenn es sich um so was dreht. Wie sie anfangen sich vorzustellen, wie es wohl aussieht, die beiden aufeinander nackt im Bett! Warum macht Andrea nicht einfach einen Film drüber und zeigt ihn der ganzen Schule! Und auch gleich dem Verwaltungskomitee und, wo wir schon dabei sind, den ganzen Eltern und Ehemaligen und ihren Familien und Freunden! Sollen sie's doch alle sehen! Sollen sie mich doch sehen!

Aber jetzt wird sie die große Märtyrerin sein! Schätze mal, Bellows hat es ihr ordentlich gegeben, ihr eine Standpauke gehalten, daß ihr die Ohren abgefallen sind. Ich wette, sie hat die geballte Wut abgekriegt, die neulich in ihm gebrodelt hat auf der Suche nach einem Opfer, an dem er sich austoben konnte. Und sie muß diese ganze letzte Woche irgendwelche Sachen anstreichen. Die Turnhalle und so was. Das ist unsere Abschluß-Woche! In der sich all die Jüngeren mit ihren Abschlußklausuren rumplagen dürfen, während wir Schulabgänger es uns gemütlich machen und uns im Country-Club von der Schule erholen dürfen. Und außerdem ist jetzt natürlich der Abschlußball angesagt, und Andrea ist die einzige, die nicht hindarf. Was sie allerdings vermutlich nicht weiter juckt.

Aber selbst wenn es ihr was ausmachen würde, sie hat es verdient! Okay, vielleicht nicht die Standpauke! Aber den Rest! Nicht so, wie Bellows denkt, aber trotzdem, sie hat es allemal verdient! Und ich hoffe, sie denkt nicht, ich würde ihr das je verzeihen! Auch wenn sie es alles auf ihre Kappe genommen hat!

30. Mai 1980, Samstag NOCH 9 TAGE

Oh Gott, was ich eben gesehen habe! Beim Tanzen – ihn, ihn leibhaftig, genau wie vor zwei Wochen. Ich kann es noch nicht mal hinschreiben. Aber ich werde es tun. Und wenn ich dabei weggucken muß. Dieses Mistschwein. Dieses verdammte Mistschwein.

Ich möchte es am liebsten Andrea erzählen. Das möchte ich. Aber sie würde nur sagen: »Hab's dir ja gesagt!« Also werd ich's nicht tun. Basta.

1. Juni 1980, Montag NOCH 7 TAGE

Okay, ich habe die letzte Hausarbeit für Mic geschrieben. War gerade drüben im Adams und habe sie ihr gegeben. So viel zum Leben der Frösche.

Scheiße noch mal, Mic sah so fertig aus; das Semesterende ist für die Lehrer immer ein übler Streß, schlimmer noch als für die Schüler.

Und trotzdem – ich weiß, nach allem, was sie gesagt hat, daß sie sich ein bißchen Zeit für mich nehmen wird. Vor allem, wenn sie meine Geschichte gelesen hat.

Ich hoffe, sie gefällt ihr. Mir gefällt sie. Auch wenn sie mich dazu bringt, daß ich Andrea vermisse. Wie verrückt.

Das Heubodenmädchen und die bunte Katze
Ein Ende-gut-alles-gut-Märchen

Es war einmal ein kleines Mädchen, das lebte ganz allein auf dem großen luftigen Heuboden einer Scheune. Die Kleine war schon so lange dort oben, daß sie sich kaum noch daran erinnern konnte, wie sie dorthin gebracht worden war, wie ein großer bärtiger Farmer sie bei der Hand genommen und dort hinauf auf die Heuhaufen geführt hatte. Ja, sie war schon so lange dort oben, daß sie sich gar nicht mehr richtig an die Welt erinnern konnte, aus der sie gekommen war.

Die Scheune war den ganzen Tag von Wind und Sonne durchströmt, und über dem Kopf des Mädchens flatterten Schwalben unter den Dachsparren hin und her. Manchmal, am Morgen, kletterte es hinauf zu der großen Giebelluke, setzte sich auf den breiten Sims und guckte nach draußen, wo die Vögel sich emporschwangen und hinabstießen und über die wiegenden Spitzen der langen Gräser streiften.

Später dann, nachmittags, nach ihrer morgendlichen Jagd und ihrem Mittagsschläfchen, kamen die Stallkatzen, um mit ihr herumzutollen. Die Kleine brachte viele Stunden damit zu, mit ihnen Verstecken und Fangen zu spielen. Manchmal saßen sie alle im Kreis, und die Katzen erzählten ihr wilde Geschichten von ihren Abenteuern, erzählten, wie blau der Teich im Morgenlicht aussah, wie sich der Regen auf ihren Schnurrhaaren anfühlte und der Tau unter ihren Tatzen. Aus ihren Geschichten schloß das Mädchen, daß die Welt ein wunderbarer Ort sein mußte.

Doch dann, wenn das Dunkel durch die Ritzen kroch, schlüpften die Katzen eine nach der anderen hinaus in die

Nacht, die das Scharlachrot in Purpur in tiefstes Blau tauchte. Die Kleine sah zu, wie das letzte Katzenschwänzchen den Heustapel hinunterhüpfte, und setzte sich dann zu ihrem Abendessen aus Beeren, Korn und Milch. Die Katzen brachten ihr jeden Tag, was sie nur konnten.

Nach dem Essen schwang sie sich an dem alten Seil, das von der Decke hing, im weiten Bogen über das Heu, hinauf unters Dach und wieder zurück, und sie hob dabei die Füße an, damit die immer schwärzer werdenden Schatten sie nicht an den Knöcheln packen und herunterziehen konnten. In der Luft schwebend träumte sie von der Welt, vom Teich und den Wiesen, von Bergen und dem Gefühl des Regens auf ihrem Gesicht. Schließlich, wenn sie zu müde war, um weiterzumachen, legte sie sich widerstrebend auf ihr Strohlager.

Und immer wenn sie dort lag, ein kleines Mädchen, ganz allein im Dunkeln, betete sie, daß das Ungeheuer nicht kommen, daß es sie in Ruhe lassen möge. Und in manchen Nächten kam es auch nicht. Aber in anderen, wie oft, wußte sie nicht zu sagen, kam es, dieses seltsame langschwänzige Ungeheuer auf zwei Beinen, das sie mit seinem mächtigen Gewicht niederdrückte und mit seiner schweren schuppigen Zunge leckte, bis ihr ganzer Körper ein höllisches Feuer war, das sie bei lebendigem Leibe verbrannte, immer weiter, endlos, bis das Ungeheuer plötzlich wieder verschwand. Und dann kreiste das Dunkel um sie, bis endlich der Morgen über das gebrochene Rückgrat der Nacht stieg, um der Welt den Tag zurückzubringen. Und jeden Morgen war sie immer noch am Leben.

Und so ging es immer weiter, und sie trug lange Kleider, die sie ganz verhüllten, und sprach zu niemandem darüber. Aber die Zeit verging, und die Kleine wuchs heran, ihre Arme und Beine wurden länger, und sie sah immer weniger wie ein Kind aus, da ihr Gesicht und ihre Gestalt frauliche Züge annahmen.

Eines Tages erschien eine neue Katze in der Scheune. Niemand wußte, wo sie hergekommen war. Sie war die schönste Katze, die das Mädchen je gesehen hatte, mit kristallgrünen Augen und einem flauschigen Fell, das in allen Farben schimmerte, wenn sie sich bewegte. Das Mädchen konnte die Augen nicht von dieser neuen Katze nehmen. Sie vergnügten sich, taten sich bei den nachmittäglichen Spielen zusammen. Nach und nach begann das Mädchen, die bunte Katze zu lieben, wie es noch nie irgend etwas geliebt hatte. Jeden Morgen dankte es den verlöschenden Sternen, daß es eine weitere Nacht überlebt hatte und seine neue Freundin wiedersehen konnte.

An einem regnerischen Nachmittag winkte die bunte Katze das Mädchen in die entlegenste Ecke des Heubodens. Regentropfen um Regentropfen platschte neben ihnen ins Heu. Die Katze streckte die linke Vordertatze aus und schob mit eingezogenen Krallen den Ärmel des Mädchens hoch. Da kam die verbrannte Haut zum Vorschein. Das Mädchen wurde blutrot und sank zu Boden, verbarg das Gesicht in den Händen. Und jetzt fielen die Tropfen auf seinen Kopf, aber es konnte immer noch nicht aufschauen, und die Stille zwischen den einzelnen Tropfen loderte von all den Nächten, in denen das Ungeheuer gekommen war und das Mädchen in Brand gesetzt hatte. Ein kleiner Platscher, dann die hellichten Flammen, dann wieder ein Platscher, und das Trommeln des Regens auf dem Dach dröhnte immer lauter, bis das Mädchen schließlich aufsah und ein Tropfen auf sein Gesicht fiel wie ein Kuß. Als es sich langsam aufsetzte, lief ihm der Tropfen über die Wange.

Die bunte Katze war immer noch da und sah zu, die Augen voller Licht, und eine einzelne Träne hatte sich in ihren Schnurrhaaren verfangen. Sie pflückte sie vorsichtig mit der einen Tatze ab und streckte sie dem Mädchen hin, ein klarer Kristall, den das Mädchen nun selbst in die Hand nahm.

»Häng dir das um den Hals«, sagte die Katze. »Es wird dir helfen, dort, wo dir nie Hilfe zuteil wurde, obwohl du sie gebraucht hättest.« Dann war die bunte Katze verschwunden.

Zu diesem Zeitpunkt war es schon spät am Tag, und das Mädchen nahm ein Stück Bindfaden, band sich den Stein um den Hals und setzte sich dann zum Abendessen. Danach legte es sich hin, schlief tief und fest und träumte. Es träumte, es sei ein Fisch und schwömme fröhlich ins Meer hinaus und

erwachte vom Lärm des Ungeheuers, das, seinen Schwanz durchs Heu schleifend, zu ihm kam. Das Mädchen setzte sich auf und umklammerte den Stein an seinem Hals.

»Wer bist du?« rief es.

Die Kreatur blieb stehen und grunzte.

»Wer bist du?« rief das Mädchen wieder.

»Das ist ohne Belang für dich, Heubodenmädchen«, erwiderte das Ungeheuer, und seine riesige Gestalt senkte sich dräuend herab, tiefer und tiefer, und dann war es direkt über ihr. Doch in diesem Moment kamen aus dem herabsinkenden Dunkel flirrende, tanzende Lichtsplitter, und dem Mädchen fielen die Worte der bunten Katze wieder ein.

»Hilfe«, sagte das Mädchen zu sich selbst. »Hilfe. Hilfe, wenn ich sie brauche. Hilfe!« Es packte den Stein an seinem Hals und hielt ihn empor, und der klare Kristall strahlte plötzlich wie eine Fackel bis in die entferntesten

Winkel des alten Heubodens. In diesem Licht sah das Mädchen die Katzen, zum Sprung geduckt, die Augen gelb, die Schwänze peitschend.

»Hilfe!« fauchten die Katzen. »Hilfe, wenn du sie brauchst!«

Und das Mädchen sah dem Ungeheuer ins Gesicht, und die Schatten fielen von dem Monster ab, lösten sich wie die Schuppen einer Schlange und fielen zu Boden wie Ascheflöckchen.

Es war der Farmer, dessen Gesicht das Mädchen sah, der Mann, der es hier heraufgebracht hatte. Im erbarmungslosen, grellen Schein der Fackel waren seine Züge verzerrt. Er wandte sich ab, als ihm das Mädchen in die Augen sah.

»Geh runter von mir!« schrie das Heubodenmädchen, und als sich der Fleischberg nicht rührte, stieß es mit Armen und Beinen, mit dem ganzen Körper und allem, was in ihm war, gegen den Koloß an.

Und er fiel herunter, rollte den Heuhaufen hinab und stürzte mit lautem Krachen und Poltern die Heurutsche runter, tief auf den Boden.

Das Mädchen sprang auf. Die Katzen waren jetzt rings um es herum, stolz und triumphierend. Und inmitten von ihnen kam die bunte Katze anmarschiert, die eine Vorderpfote ausgestreckt.

»Gratuliere, meine Freundin, du hast gesiegt«, sagte sie. Das Mädchen nahm die Katze auf seine Arme und spürte ihr kehliges Schnurren an seiner Brust. Und sie feierten alle miteinander und tanzten und spielten bis tief in die Nacht, so lange, bis das Mädchen in sein Bett fiel und auf der Stelle einschlief.

Es schlief tief und fest, bis es die langen, dünnen Strahlen des ersten Morgenlichts durch die Ritzen der Giebelluke hereinfallen sah. Ein leises Miau war an seine Ohren gedrungen, und es drehte sich um und erblickte die bunte Katze. Plötzlich wußte das Mädchen, daß die Katze gekommen war, um zu sagen, es sei jetzt Zeit, diesen Ort zu verlassen.

Es stützte sich auf die Arme und sagte: »Aber du mußt mit mir kommen, bunte Katze!«

Und die Katze kam dicht zu ihm heran, saß einen Moment schweigend da und sagte dann: »Ich weiß nicht, ob du schon bereit bist, mich bei dir zu haben, meine Freundin.«

Und sie hatte recht, denn plötzlich hatte das Mädchen Angst, die Katze in die Arme zu nehmen, obwohl sie am Abend noch so unbekümmert miteinander getanzt hatten und es seine bunte Freundin, inmitten der anderen Katzen, eng an sich gedrückt hatte. Es begann zu weinen, das Gesicht im Heu vergraben, und konnte gar nicht wieder aufhören, bis es schließlich den Kopf hob und die bunte Katze wieder vor sich sah. Und zugleich bemerkte es das helle Tageslicht. Das Mädchen rief die bunte Katze herbei.

Die bunte Katze näherte sich dem Mädchen langsam und vorsichtig, doch als sie fast bei ihm war, blieb sie abwartend stehen. Das Mädchen sagte: »Komm. Bitte.« Und jetzt schob die Katze sachte, Pfote um Pfote, ihren Körper über die Brust des Mädchens. Und obgleich die Angst wild im Inneren des Mädchens tobte, war da doch auch etwas Neues, und das war es, was das Mädchen in seinen Händen spürte, als diese den Körper der Katze entlangstrichen. Die Katze beugte den Kopf und leckte jede Träne auf dem Gesicht des Mädchens einzeln auf. Und dann war die rauhe Zunge der Katze auf der Brust des Mädchens und leckte sie ab und ließ eine wunderbare neue Wärme durch seinen Körper strömen. Das Mädchen begann zu lachen und dann seinerseits die Katze zu lecken, und jedesmal, wenn seine Zunge über die Brust des Tiers strich, fiel etwas Fell ab, bis das Mädchen vor sich eine junge Frau sah, mit tiefdunklem Haar und denselben klaren Augen, die ihm aus dem Gesicht der Katze entgegengesehen hatten. Bei ihrem Anblick wußte das Mädchen, daß der Fluch des Farmers endgültig gebrochen war.

»Gehen wir?« fragte die Frau, die eine Katze gewesen war. Das Heubodenmädchen – jetzt kein Mädchen mehr, sondern selbst eine Frau – nickte. Sie gingen zusammen zu dem Seil, packten es mit festem Griff, setzten erst einen Fuß auf den dicken Knoten, dann den anderen, und dann waren sie in der Luft, und die ganze Welt lag vor ihnen.

2. Juni 1980, Dienstag NOCH 6 TAGE

Es ist jetzt drei Tage her, vielleicht kann ich endlich darüber schreiben. Gerade heraus, meine ich. Ungeachtet meiner Froschigkeit habe ich mir jetzt monatelang alle Mühe gegeben, hier in diesem Buch Klartext zu reden, zu sagen, wie die Dinge wirklich gelaufen sind, was sich mit Andrea abgespielt hat, was wir gemacht haben und was ich gefühlt habe. Und doch ist da diese Sache, über die ich kaum etwas geschrieben habe! Wie ein Loch in meinem Leben, ein schwarzes Loch im Weltraum, das alle Worte schluckt. Sie ratzeputz verschlingt.

Aber nein, nein, NEIN!!! Ich habe es GESEHEN. Selig sind, die nicht sehen und doch glauben – nicht ich,

ich kann offenbar nur glauben, was ich sehe. Verdammt, und ich dachte, ich sei endlich von hinter dieser Wand vorgekrochen. Aber nein, nichts da, die Wand steht immer noch! Na ja, aber nicht mehr so ganz. Vielleicht mache ich ja nur das, wovon ich gesagt habe, daß ich es versuchen könnte, ein bißchen was sehen und später dann noch ein bißchen mehr...

Samstag abend. Da war ich, ein herumgeisternder Schatten auf dem Campusgelände. Und da war es – das große Zelt, aus dem gelbes Licht fiel und Musik zu mir rüberwehte. Der Abschlußball. Ich schlich hin, schlüpfte rein, guckte niemanden an, schaute einfach nur über alle weg. Postierte mich ganz am äußersten Ende, hinter ein paar leeren Stühlen, halb an einen der Masten gelehnt. Es schien, als beobachtete ich das alles von einem anderen Planeten aus. So war es mir vorgekommen, all diese jungen Leute dort auf der grasigen Tanzfläche, die Mädchen in den Armen der Jungen. Lachend und lächelnd, einträchtig herumwirbelnd. Aus weiter, weiter Ferne beobachtete ich das alles.

Wie soll ich das hinschreiben? Die Sache selbst, ganz ohne Drachen und Kapitäne, Farmer und Katzen?

Indem ich es einfach hinschreibe! Also gut, das war es, was ich sah: Rik, auf der anderen Seite der Tanzfläche stehend, einen Pappbecher in der Hand. Ich sah ihn, er mich aber wohl nicht. Und neben ihm stand Klein-Jeanie. Direkt neben ihm. Er lachte über irgendwas, keine Ahnung, worüber. Sie lachte auch. Dann war der Song zu Ende und der nächste begann, etwas Langsames. Ich sah, wie Rik sich – oh, so charmant! – zu Jeanie wandte und mit der freien Hand nach ihrer Hand griff. Ich konnte sie von meinem Standort aus förmlich erröten sehen. Rik warf seinen Becher in eine Mülltonne und führte sie auf die Tanzfläche. Und er tanzte nicht eng mit ihr, aber soll ich euch was sagen? Das war auch gar nicht nötig. Ich beobachtete sie, dort aus dem Dunkeln, wo er mich nicht sehen konnte. Er sprach mit ihr, vorgebeugt, so daß seine Worte direkt an ihr Ohr drangen. Sie lachte, und dabei hielt er sie die ganze Zeit in ehrbarem Abstand. Aber ich wußte Bescheid! Ich sah es an ihrem affektierten Lächeln, sah es am Schwung seines Nackens, als er sich vorbeugte, um mit ihr zu reden. Er war bereits mit ihr im Bett! Ich kenne ihn! Ich sehe es!

Und wie ich so dastand, begriff ich plötzlich, daß er sich für unantastbar hält. Und wenn hundert Andreas hundert Wände vollkritzelten – er würde immer noch ungeniert junge Frauen auf die Tanzfläche führen und im Walzertakt direkt in sein Bett bugsieren. Wie nett für ihn! Kein Wunder, daß ich es nie sehen wollte!

Aber ich hab's gesehen. Samstag abend. Und ich habe weggeschaut, eine Zeitlang auf meine Turnschuhe geguckt, weil ich das verdammte Sehen nicht wieder abstellen konnte! Und dann habe ich wieder über die Tanzfläche geschaut. So viele Kids, die mit anderen Kids tanzten! Und ich fing an, darüber nachzudenken, daß ich das in meiner ganzen Zeit hier nie getan habe, daß dieser Motown-Schwof mit A. und L. und D. der erste in meiner gesamten Bristol-Karriere war! Und warum?! Weil Rik meine ganze Zeit in Anspruch genommen hat, weil ich mich nie mit irgend jemand anderem näher einlassen durfte, wegen diesem großen dunklen Geheimnis! An jenem Herbsttag zu Beginn der Achten, als sich meine Klasse mit all den neuen Schülern zusammenfand, da hätte ich sofort von dort aufstehen müssen, wo ich mit Rik saß, und hingehen und mich zu ihnen setzen.

Ich habe hier soviel verpaßt. Und jetzt ist es für immer

vorbei! Und wo war ich? In seinem gottverdammten Bett! Das war kein guter Deal. War es absolut nicht wert. Aber ich wollte das damals nicht sehen.

Ich weiß noch, wie ich ihm sagte, daß ich das für niemand anderen tun würde. Ich war vierzehn, als ich ihm das gesagt habe. Und es war die Wahrheit. Ich weiß noch, wie ich mit dreizehn beschloß, wenn Philip noch einmal versuchen sollte, sich an mich ranzumachen, würde ich ihn erschlagen! Da war er schon ein paar Jahre weg, aber er sollte uns besuchen kommen. Er kam schließlich doch nicht, Gott sei Dank, aber das war der Grund, weshalb ich drüber nachdachte.

Doch dann, ein Jahr später, war da dieser gutaussehende Lehrer, der soviel wußte und der mir soviel Aufmerksamkeit schenkte! Viel mehr, als Granite mir je geschenkt hat! Und der mir sagte, daß er mich liebte! Also dachte ich mir, das konnte nicht dasselbe sein wie mit Philip. Und deshalb machte ich, was er wollte. Und ich brauchte so dringend jemanden, deshalb machte ich drei volle Jahre lang, was er wollte. Aber es war nicht das, was ich wollte!

Großer Gott, habe ich das wirklich gerade geschrieben? Ja, habe ich. Weil es die Wahrheit ist! Es war nicht das, was ich wollte! Es war auch nicht meine Idee! An jenem ersten Abend habe ich gar nichts gemacht; wir saßen auf der Couch, und sein Arm arbeitete sich irgendwie hinter mir durch; wir saßen da und hörten gregorianische Gesänge, das schien doch ein netter Zeitvertreib, und er machte es sich ja nur gemütlich, nicht wahr? Aber dann griff sein Arm um mich herum, und noch ein bißchen weiter, und dann war seine Hand auf meinem Gürtel, ich hielt den Atem an und sah zu, wie seine Hand sich unter den Hosenbund schob und tiefer kroch.

Gott, wie anders als diese ersten Berührungen zwischen Andrea und mir! Sie war für mich ein wunderbares Feuer, aber das – das war den Atem anhalten, nichts fühlen außer dieser Mischung aus Scham und Abscheu. Er hörte nicht auf.

Uhhhhhhhhhhh!!!!!! Diese Hände! Arrrrgh! Geht weg!!! Weg da!

Okay, okay, hol tief Luft und schreib weiter.

Weil ich mich nämlich noch an eine Situation davor erinnere, als er schon mal versucht hat, sich auf diese Art an mich ranzumachen – wir wollten gerade den leeren Fachgruppenraum für Romanische Sprachen verlassen. Ich ging vor ihm her, und er packte mich von hinten am Ellbogen, und ich riß meinen Arm mit einem Ruck weg und ging durch die Tür nach draußen. Danach gingen wir einfach den Flur entlang. Er sagte nichts dazu, also tat ich es auch nicht.

Na, bitte!!! Dieses erste Mal, dort im Fachgruppenraum, habe ich mich losgerissen! Aber was zum Teufel willst du machen, wenn du ganz allein in seinem Haus bist und er mit dir auf dem Sofa sitzt und dir gerade heiße Schokolade gekocht und sich deine ganzen Achtkläßlerkümmernisse angehört hat, und wenn er dir wunderschöne Mönchsgesänge vorspielt, und sein Haus wie ein Zufluchtshafen vor der Welt ist? Damit hat er mich gekriegt. Indem er nett zu mir war, als niemand sonst es war. Und er war so klug. Und nicht nur das, er war interessant; erzählte mir die ganze Zeit all diese tollen Geschichten, wie er in den Sechzigern in der Protestbewegung gewesen war und wie er sich in der ganzen Welt herumgetrieben und Länder wie Tibet und China gesehen hatte. Ich wollte mit ihm zusammensein, weil er anders war, nicht so schicki-micki – ein James Dean auf seine Art, jemand, der stolz darauf war, daß er sich nicht anpassen wollte, und der von mir dasselbe erwartete. Er gab mir das Gefühl, daß es okay war, anders zu sein, er machte es zu etwas Gutem, daß ich nicht in diese blöde Schule paßte. Alle anderen waren der Feind. Das war unser Schlachtruf. Ich fühlte mich ja so erwachsen.

Aber Tatsache ist, daß es hier immer schon ein paar Kids gab, die auch das Gefühl hatten, daß sie irgendwie nicht reinpaßten. An die hätte ich mich halten sollen! Er hätte mir helfen können, Wege zu finden, das zu tun. Aber nein, er war ja selbst so unangepaßt, also tat er das nicht. Er brauchte Gesellschaft dort draußen am Rand. Verdammt, vielleicht werde ich immer in meiner eigenen Randposition leben, aber ich finde, ich hätte wirklich nicht seine zu teilen brauchen. Aber damals war ich vierzehn, und er war das einzige auf dieser Welt, was so aussah wie das, was ich brauchte. So hat er von mir gekriegt, was er wollte. Und was er wollte, war Sex. Ficken.

Aber das ist nicht das, was ich wollte!!!!! Ist es NICHT! War es nie.

Dieser Wichser.

3. Juni 1980, Mittwoch NOCH 5 TAGE

Es ist passiert!!! Heute früh habe ich den Kopf verloren. Aber im positiven Sinn. Weil es war, als ob ich endlich klar sehen könnte – es ist einfach die gottverdammte WAHRHEIT! Sie könnte nicht offensichtlicher sein, jeder kann sie sehen!

Aber wieso kann es Bellows nicht? Wieso? Das kapiere ich nicht. Ich meine, was Rik tut, ist unrecht. Punkt. Da führt kein Weg dran vorbei. Vielleicht habe ich es ja nicht richtig erklärt. Wenn ich es vielleicht irgendwie anders angegangen wäre –

Nein, ich habe es versucht. Jetzt ist Mic dran. Jetzt soll es eine Lehrerin probieren.

Mein Gott, war das schrecklich, heute morgen in seinem Büro. Aber ich war wie mit Kraft vollgepumpt, als ich hinging, und so total glasklar. Ich bin schon so aufgewacht, mit dem festen Wissen, was ich zu tun hatte. Weil ich es alles so klar sah. Und um Punkt acht Uhr war ich auf dem Weg in dieses Büro, mit einer Mordsangst in mir, aber auch dieser totalen Klarheit! Alles in mir rebellierte.

Bellows hingegen war die Ruhe selbst, als ich reinkam. Er sah auf und schob seinen Drehsessel von der Schreibtischkante zurück, saß da, die langen Beine ausgestreckt, die Füße übereinandergeschlagen. Er deutete auf einen Stuhl, und ich setzte mich hin. Wir saßen da, der schwere Holzschreibtisch zwischen uns wie ein Bollwerk. Wieso muß dieser Mann, der ohnehin schon so riesig ist, auch noch so einen gewaltigen Schreibtisch haben? Mein Gott, man kommt dort rein, und wenn man nicht einsneunzig groß ist, fühlt man sich sofort wie ein Zwerg. Es ist irre.

Er saß da, die Arme vor der breiten Brust verschränkt, in seinem frischen weißen Hemd und der dunkelblauen Krawatte mit den Bristol-Insignien; Herrgott, sie sind wirklich alle von dieser Institution besessen, man könnte meinen, sie wäre ihre Mutter.

Einen schrecklichen Moment lang brachte ich kein Wort heraus. Aber dann sah ich mich um, und mir wurde klar, daß ich jetzt schon bis hierher gekommen war. Es gab kein Zurück. Also sprang ich mittenrein. Kam direkt zur Sache – erklärte ihm, Andrea sei zu Unrecht bestraft worden, weil das, was sie geschrieben habe, stimme.

DAS HABE ICH TATSÄCHLICH GESAGT!!!!!
GROSSER GOTT!

Bellows zog sich wieder an den Schreibtisch heran, um mir ins Gesicht zu sehen. So ein Bulle von einem Mann. Er räusperte sich und fragte, was in aller Welt ich damit meinte. Ich wiederholte, was ich gesagt hatte, wortwörtlich. Ich glaube, das war mein Fehler. Ich hätte gleich mehr auspacken sollen, die ganze Geschichte in Kurzfassung liefern, um ihm klarzumachen, daß es die Wahrheit war. Und ich öffnete auch den Mund, um noch mehr zu sagen, aber da war er schon am Reden. Er erklärte mir, daß ich wieder einmal keinerlei Verständnis für die Situation eines Lehrers hätte. »Sehen Sie, Stephanie, es ist nicht einfach für einen jungen Lehrer, hier zu arbeiten, inmitten so vieler überaus attraktiver junger Mädchen, die alle nichts dringender wollen als Aufmerksamkeit. Da ist es nur normal für einen Mann, gelegentlich darauf einzugehen.«

!

Da verlor ich die Nerven. Ich weiß nicht, wie ich es beschreiben soll, aber es war, als sähe ich nichts mehr. Als seien der Teppich, der Fußboden, das Haus samt Fundament plötzlich verschwunden, weggerissen. Nichts mehr, um mich daran festzuhalten. Nichts. NICHTS. Ich platzte heraus wie eine Ertrinkende, ohne Rücksicht auf taktvolles Vorgehen. Daran denkt man nicht, wenn einem das Wasser über dem Kopf zusammenschlägt. »Er hat mich verführt!« krächzte – heulte, flüsterte, schrie? – ich. Gott, warum habe ich mich nicht zusammengerissen!

Bellows beugte sein ganzes mächtiges Selbst über den Schreibtisch, das Gewicht all dessen, was er repräsentierte – der ganzen Schule! – hinter sich und die schiere Selbstgerechtigkeit im Gesicht. Hing dräuend über mir. Ich dachte, er würde mich fressen oder bei lebendigem Leib verbrennen. Er begann zu reden, mit seiner dröhnenden, ernsten Stimme, oh, aber dieser schneidende Unterton! – erklärte, ich könne wohl nicht annähernd das schwerwiegende Ausmaß dessen ermessen, was ich da sagte, solche leichtfertigen Beschuldigungen seien äußerst fehl am Platze, und wenn ich nicht ebenfalls in der Anstreicherkolonne landen und meine ohnehin bereits prekäre Situation an der Bristol-Schule noch weiter verschlimmern wolle, solle ich mich schleunigst zusammenreißen und ihm aus den Augen gehen. Das sei es dann wohl, und guten Morgen!

Ich starrte ihn an. Ich fühlte mich genauso wie damals, als ich klein war, und dieser Jemand – wer? Ich weiß es nicht mehr, aber auf jedenfall jemand, der älter war als ich, jemand RIESIGES – gar nicht mochte, was ich sagte. Und ich dastand und weiterredete und plötzlich am Vordersaum meines Hemds durch die Luft gehievt wurde. GRAUS! Was immer ich gesagt hatte, ich nahm es zurück.

Bellows sagte kein Wort mehr, zog nur seinen Stuhl an den Schreibtisch ran und beugte sich über die vor ihm ausgebreiteten Papiere, als sei ich schon gar nicht mehr da.

Ich fand irgendwie auf meine Beine, die mir zum Glück noch gehorchten, obgleich sie sich wie hölzerne Anhängsel anfühlten. Ich stakste steif hinaus und hierher zurück und lag die längste Zeit nur auf meinem Bett, wie unter Schock. Warum ist mir einfach die Zunge durchgegangen? Was zum Teufel ist mit mir los? Dieses lähmende Gefühl! Ich lag da, lag da und dachte, daß ich vielleicht einfach davontrudeln würde, von der Erde in den leeren Raum. Und ich dachte, selbst wenn das nicht passieren würde, wünschte ich, es wäre so. Ich habe mich an all die Sachen erinnert, die ich zu Bellows hätte sagen sollen, all die Möglichkeiten, wie ich es hätte erklären können, so, daß sogar er es vielleicht verstanden hätte.

Gott! Diese Schule würde doch so was nicht einfach zulassen, oder? Ich meine, wenn Bellows nur wirklich verstehen würde, wie das für mich war, was mir das angetan hat? Wenn ich ihn doch nur dazu bringen könnte, das einzusehen! Aber er denkt, ich bin nur ein Kind. Dazu hat er mich auch prompt gemacht, dort in seinem Büro. Einem Kind kann er so was einfach nicht abnehmen. Es muß von jemandem kommen, den er respektiert. Von einem anderen Lehrer.

Deshalb bin ich rüber zu Mic gerannt. Lieber Gott. Und jetzt wird sie's versuchen. Es macht mich immer noch fertig, daß ich es nicht selbst geschafft habe, aber ich bin in der Lage, mir Hilfe zu suchen. Und ich weiß, daß Mic die beste Hilfe ist. Ich weiß, wenn es überhaupt jemand schafft, ihn dazu zu bringen, daß er es kapiert, dann sie.

Aber es war nicht gerade leicht, es ihr zu sagen. Sie war so erschossen, als ich kam. Ich sah es an ihrem Gesicht. Ich habe sie noch nie so gesehen, so müde, fast schon eingefallen. Ich hatte sofort das Gefühl, ich darf ihr nicht noch mehr Scheiß aufbürden. Aber es gibt sonst niemanden, der mir helfen kann! Also hab ich's ihr erzählt. Sie saß auf der Couch und ich auf dem Boden. Ich war randvoll mit dem ganzen Zeug und ließ es einfach rausströmen. Während ich redete, sah ich, wie Mic wieder sie selbst wurde, wie der alte Kampfgeist in ihr wieder erwachte. Ich erzählte ihr zuerst von dem Abschlußstreich-Abend und arbeitete mich dann rückwärts bis ganz an den Anfang. Zu diesem ersten Abend mit Rik vor dreieinhalb Jahren. Sie hörte mir zu. Ich fühlte mich ein bißchen so, als ob ich mir gerade die Bluse runtergerissen hätte und sie jetzt total angewidert sein müßte. Seit diese ganze Kacke am Dampfen ist, fürchte ich schon, sie hält mich für ein mieses kleines Flittchen.

Sie hörte einfach nur zu, wandte nicht ein einziges Mal den Blick von meinem Gesicht. Schließlich sagte sie, irgendwie habe sie es schon die ganze Zeit gewußt.

Und dann – ! Was sie dann sagte! Sie sagte, es sei nicht meine Schuld!

Es ist nicht meine Schuld! Es ist NICHT meine Schuld!

Sie kapiert es wirklich! Sie kapiert es sogar besser als ich!

Ich erzählte ihr, was mit Bellows gewesen war. »Großer Gott«, sagte sie. Ich bat sie, ich flehte sie förmlich an, selbst mit ihm zu reden. Ich erklärte ihr, ich sei nicht die einzige, jetzt sei Jeanie dran. Sie fragte, ob ich das ganz sicher wisse, und ich sagte, keiner von beiden habe es mir gesagt, aber ich könne es einfach sehen. Sie meinte, das werde Bellows als Beweis wohl nicht genügen, aber sie denke schon, es werde ihn wachrütteln.

Dann sagte sie, sie müsse jetzt wieder an ihre Korrekturen. Aber gleich morgen früh wolle sie zu Bellows gehen und mit ihm reden. Ich dankte ihr und ging wieder hierher zurück.

Es lebe Mic! Ich wußte ja, sie würde mich nicht im Stich lassen.

– Oh, verdammt, gerade fällt mir ein, daß sie kein Wort zu meiner Geschichte gesagt hat! Vielleicht hat sie ihr nicht gefallen? Vielleicht war es ihr ja zuviel. Oder der Schluß geht ihr gegen den Strich, zwei Mädchen, die einfach zusammen in die Welt hinausziehen. Vielleicht hätte ich diesen Teil weglassen sollen.

Wer weiß. Aber darüber werde ich mir jetzt keine Gedanken machen. Ich will lieber über das nachdenken, was sie gesagt hat – daß es nicht meine Schuld ist, nichts von diesen ganzen drei Jahren. Daß es allein Riks Schuld ist. Daß er der Lehrer ist und dafür verantwortlich, ein »angemessenes Verhältnis« zu seinen Schülern zu wahren.

Wow.

4. Juni 1980, Donnerstag NOCH 4 TAGE

Sie sagt, sie kann nichts machen! Nichts! Ich war bei ihr drüben, um mit ihr zu reden, und sie war wieder total eingefallen. Mic, Mic, Mic! Reden Sie mit mir! Ich sah es an ihrem Gesicht, es ist sinnlos. Sie kann nichts ausrichten! Sie kann's nicht, weil –

Oh Gott, ich kann es nicht ertragen, sie so zu sehen. Sie ist so müde, noch müder als gestern vormittag, so alt, wie ich sie noch nie gesehen habe. Bitte, bitte, erwachen Sie wieder zum Leben, Mic, und reden Sie mit mir. Lassen Sie nicht zu, daß er es alles verdreht, Mic. Mic! Verlassen Sie mich nicht! Ich zähle auf Sie! Sie sind doch diejenige, die immer davon geredet hat, daß man versuchen muß, sein Inneres nach außen zu kehren, und jetzt? Wo zum Teufel sind Sie jetzt? Oh Gott, sie ist weg. Ertrunken.

Ich weine beim Schreiben. Ich. Weine. Hier sitze ich, zwischen lauter halbzusammengepackten Sachen, den Ruinen meiner letzten vier Jahre, und ich muß innehalten, um Luft zu holen und mir die Tränen von den Wangen zu wischen. Es ist vorbei, aus und vorbei. Und was ist dabei herausgekommen? Nichts, gar nichts ist mir geblieben, alles ist futsch, alles. Granite und Rik und Andrea und jetzt auch noch Mic.

Wie konnte sie? Habe ich diesen letzten Teil heute nur phantasiert oder was? Keine Ahnung, es könnte schon sein, daß ich am Ende meines Aufenthalts dort in ihrer Wohnung anfing zu halluzinieren, ich weiß nicht.

Sie sagte, es täte ihr leid, aber sie könne nichts tun. Das war gelogen. Ich wußte, es tat ihr nicht leid, sie war jenseits aller Gefühle, sie war wie eine lebende Tote. Ich sah es! Aber ich fragte sie trotzdem, was passiert sei. Und sie erzählte es mir. Erzählte mir, daß Bellows meine »Anschuldigungen« einfach als erfunden abgetan habe. Und als sie nicht lockergelassen und ihm erklärt habe, daß ich bei ihr gewesen sei und ihr mein Herz ausgeschüttet hätte und daß sie allen Grund sehe, mir zu glauben, da sei er unwirsch geworden und habe ihr erklärt, er kenne mich schon etwas länger und sei daher wohl eher in der Lage, meinen Charakter einzuschätzen.

Mic sah mich gar nicht richtig an, während sie mir das alles mitteilte. Sie stand an ihrem Fenster und sah hinaus, Richtung Fernstraße. Ihre Wohnung war so chaotisch, wie ich sie noch nie gesehen hatte, Papiere und Kleider überall verstreut, Kaffeebecher und Teller auf dem Fußboden. Auf dem Tisch ein geöffneter Brief und daneben das gerahmte Foto, das das letztemal noch neben ihrem Bett stand.

Nach der Sache mit meinem »Charakter« schwieg Mic. Ich wartete, wollte am liebsten losheulen, schreien. Wartete und wartete. Schließlich sagte ich einfach nur ihren Namen, und sie drehte sich zu mir um, und dieser seltsame Schmerz zuckte wieder über ihr Gesicht. Ich glaube, da war mir klar, daß wir beide ein noch viel schlimmeres Problem hatten, als ich geglaubt hatte. Aber ich wußte nicht, was für ein Problem es war!

Also sagte ich: »Mic, Sie haben sich gar nicht weiter für mich eingesetzt!«

Sie sagte, Bellows habe ihr das unmöglich gemacht. Ich fragte sie, was sie damit meine, und großer Gott! da war das Problem plötzlich mitten im Raum. »Er machte gewisse Andeutungen über deine Beziehung zu Andrea, Stevie.« Ich fühlte, wie sich die heiße Röte über mein Gesicht breitete; fühlte es durch meine Arme und Beine schießen, dieses Gefühl, ich bin ERTAPPT. Ich sagte nichts. Konnte nicht. War wie gelähmt.

Mic sah wieder aus dem Fenster. Ich glaube, sie wollte draußen auf dieser Straße sein, weg von hier, weit fort. Ich stand dort in ihrer Küche rum, bohrte mit dem Zeh in den Fußboden, fühlte mich, als hätte man mir eben den Boden unter den Füßen weggerissen.

Aber während ich so dastand und mich wie das dreckigste Geschöpf auf Gottes Erdboden fühlte, fiel mir plötzlich ein, daß es ja Mic gewesen war, die mir *Rubinroter Dschungel* gegeben hatte, und daß ihre Freundin sogar in ihrer Doktorarbeit darüber geschrieben hatte. Ich platzte heraus: »Und was ist mit *Rubinroter Dschungel*, Mic? Was ist mit Ihrer Freundin Susan? Hat sie nicht gesagt, es ist okay, anders zu sein? Was ist damit, Mic? Ich dachte immer, Sie glauben an diese Dinge!«

Sie sah mich an, fast so, als hätte ich ihr eine Ohrfeige verpaßt. Ich trat einen Schritt zurück. Okay, ich wollte, daß sie fühlte, was ich sagte, aber nicht, daß es sie so traf. Ich sah sie an, und jetzt erst merkte ich, daß ihre Augen rot waren. Hatte sie geweint? Sie wandte sich ab, zum Fenster. Dann schwenkte sie rasch herum und ging zum Tisch. Setzte sich hin. Fing an, den Brief zusammenzufalten. *Die Sache abschließen*, stand auf ihrem Gesicht geschrieben. Etwas in mir schrie auf.

»Mic! Kehren Sie Ihr Innerstes nach außen!«

Gott, ich hatte es laut ausgesprochen.

Sie antwortete mit gepreßter Stimme, die Augen auf den Tisch geheftet. Sie sagte, ich hätte ja keine Ahnung, was es für sie bedeute, in Bellows Büro zu stehen, und daß es sie ihre gesamte Glaubwürdigkeit als Lehrerin gekostet hätte, wenn sie gegen seine Bemerkung angegangen wäre. »Er hätte mir ins Gesicht gelacht, Stevie. Du hast ja keine Ahnung!« Sie zeigte auf das Foto. »Du bist genau wie Susan, weißt du das!«

Susan! Das also ist Susan, dort auf dem Foto, mit ihr! Etwas in mir erwachte jäh und ging innerlich in Habacht-Stellung.

Aber sie redete weiter, daß sie hier in Bristol wohl kaum die Sorte Dinge sagen könne, die Susan in ihrer Doktorarbeit vertrat. »Er hätte mich mit einer höhnischen Bemerkung abgefertigt, Stevie! Du weißt ja gar nicht, wie so was läuft. Das hier ist eine äußerst konservative Schule! Ich meine, als nächstes würde er irgendwelche Andeutungen über mich machen!«

Und das Etwas, das in mir aufgescheucht worden war, stampfte mit den Füßen auf, und ich sah sie an, und mir, der duldsamen Stevie, platzte der Kragen. Ich legte los, das sei doch nur Gerede, und Worte könnten einem doch nichts anhaben, und immer so weiter. Ich war total außer mir.

Okay, ich schätze, ich hab's mir mit ihr verdorben! Vielleicht habe ich ja nur das gekriegt, was ich verdiene. Sie hatte den Brief inzwischen wieder in den Umschlag zurückgesteckt. Ich sah ihren Namen in Handschrift auf der Vorderseite und darunter »Bristol-Schule« in übertrieben schnörkeligen Buchstaben.

»Du verstehst wirklich nichts, was, Stevie? Die Wahrheit zählt hier nicht! Gerede allein genügt, um mich fertigzumachen!«

»Nein, Mic! Das stimmt nicht! Es bleibt doch trotzdem Gerede! Verdammt, ich weiß doch, wie sich alle die ganze Zeit über mich das Maul zerrissen haben! Und über Rik auch! Herrgott! Er ist Lehrer! Und dieses ganze Gerede kratzt ihn überhaupt nicht! Und dabei stimmt es in seinem Fall sogar! Da sind Sie doch in einer hundertmal besseren Position!«

Mic stand auf, hastig und angespannt. »Hör zu, Stevie, es ist nicht die Position, in die ich mich begeben werde! begreif das endlich!«

Ich merkte, daß sie es wirklich ernst meinte. Ich stand da und sah sie einfach nur an. Sie guckte weg. Mir war, als ob ich jeden Moment losheulen müßte, als ob etwas in mir im Begriff war, nach außen durchzubrechen. »Warum nicht, Mic?! Warum nicht?!«

Da bat sie mich zu gehen. !!! Sie sagte, es täte ihr leid, aber sie warf mich trotzdem raus. So, das ist die Wahrheit! Und sie sah mir dabei nicht ins Gesicht. Sie stopfte den Brief mit der einen Hand in ihre Sweatshirt-Tasche und nahm mit der anderen das Foto. Ging den Flur runter. Sagte, sie müsse jetzt allein sein. Es täte ihr leid, aber wir würden uns nur im Kreis drehen, keine von uns sei in der Lage, die andere zu verstehen, und das führe offensichtlich nirgendwo hin.

Also ging ich.

Oh nein, ich würde nicht weinen. Und ich tat es auch
nicht.

Weil es nämlich nicht stimmt, was sie sagt! Ich glaube, ich verstehe, was mit ihr ist!!! Vielleicht bin ich ja verrückt, aber ich glaube, ich weiß es! Ich meine, das dort auf dem Foto war ihre Freundin Susan. Nicht ihre Schwester!

Und sie hat das Ding neben ihrem Bett stehen! Und ich wette, der Brief war auch von Susan! Ich wette, er war von ihr! Und da ist noch was, worauf ich wetten würde! Aber wie kann sie einfach so in Bellows Büro sitzen, wenn das stimmt! Wie kann sie! Aber ich glaube, es stimmt.

Ich glaube, Mic ist GENAU WIE ICH!

Mic!

5. Juni 1980, Freitag NOCH 3 TAGE

Großer Gott. Heute morgen bin ich heulend aufgewacht. Tränenüberströmt! Und das Irre ist, es tat gut! So wie es guttut zu niesen oder richtig tief durchzuatmen. Also habe ich einfach weitergeheult, mir die Tränen über das Gesicht strömen lassen. Dann wollte ich RAUS! Ich habe die Füße aus dem Bett geschwungen, und die Tränen liefen immer noch, aber irgendwie habe ich gleichzeitig auch gelacht, ich weiß nicht, ich wurde wach mit diesem ziehenden Gefühl in mir, dieser Mischung aus Traurigkeit und Freude. Ich zog meine Jeans und mein rotes T-Shirt und dieses abgewetzte preiselbeerfarbene Sweatshirt an und lief aus dem Zimmer, ohne zu wissen, wohin. Aber auf dem Flur merkte ich, daß ich Hunger hatte, also marschierte ich zum Speisesaal. Unterwegs holte ich mir eine Cola aus dem Automaten, und als ich im Speisesaal ankam, sah ich, daß es schon fast zehn war! Viel später, als ich gedacht hatte! Ich witschte durch den leeren Speisesaal rüber zum Büfett und klatschte ein bißchen Erdnußbutter und Marmelade auf ein paar Scheiben von diesem marschmallowartigen Zeug, das sie uns hier als Brot andrehen. Schlenderte zur anderen Tür raus, in den Café-Raum. Und dort, wer hätte das gedacht, ganz in der Ecke, an unserem Tisch, saßen Liddy und Duncan. Beim Schach.

Duncan sagte: »Hey, Roughgarden! Lang nicht gesehen! Komm her, ich hab deine Nase schon vermißt.« Ich ging zu ihnen rüber und fühlte mich, als käme ich gerade von weit, weit her, von einem anderen Planeten vielleicht. Trotzdem – ich war bereit zu landen. Also setzte ich mich verkehrt rum auf einen der roten Stühle, die Arme auf die Hartholzlehne gestützt.

»Kleine Schachpartie, hä?« sagte ich. Elegante Gesprächseröffnung, nicht wahr?

»Ja, und ich bin am Gewinnen«, sagte Liddy.

»Reine Selbsttäuschung, meine Liebe«, erwiderte Duncan und zog diese eine Figur – ich habe vergessen, welche – so nach links, daß sie in einer Reihe mit Liddys Dame stand. »Schach, Schätzchen.«

»Was?« sagte ich. »Wie denn das?«

»Oh, richtig, du kennst unsere Spielvariante ja noch gar nicht«, sagte Liddy und verschob ihre Dame nach rechts.

»Was für eine Spielvariante?«

»Wir vertauschen König und Dame, also muß man die Dame schachmatt setzen«, sagte Liddy. Duncan stützte den Kopf in die Hände und studierte das Spielbrett.

»Oh!«

»Was sagst du dazu?« fragte Duncan und drehte den Kopf zu mir.

Na ja, ich konnte mir das Grinsen nicht verkneifen. Da saßen diese beiden Mädchen hier in diesem Raum rum und spielten ein Spiel einfach so, wie sie wollten, drehten es so hin, wie es ihnen paßte. Das gefiel mir. Ich sagte ihnen, daß es mir gefiel.

Und so kamen wir ins Reden. Es passiert ja immer irgendwie. Und diesmal machte es mir nicht mal was aus, daß wir auf heikle Sachen kamen. Obwohl ich zuerst schon ziemlich nervös war. Aber es war das, was ich brauchte, um den Durchbruch zu ihr-wißt-schon-wem (ja, ja, ja!) zu schaffen.

Diesmal war es Duncan, die damit anfing. Das überraschte mich. Normalerweise ist Liddy diejenige, die die Sachen aus einem herauszukitzeln versucht. Ihr liegt das mehr. Aber nein, diesmal also Duncan. Sie guckte immer noch auf das Brett, sagte aber zu mir: »Hör mal, Stevie, sag, wenn es mich nichts angeht, aber was ist denn nun eigentlich Sache mit deiner besten Freundin? Hat sie wirklich das Zeug an die Wand geschrieben und sämtliche Türen zugeklebt? Ganz allein?«

Ich sah mich kurz um. Alles leer. Ich hatte es zwar gewußt, wollte mich aber noch mal vergewissern. Ach, zum Teufel, dachte ich, Sonntag sind wir hier weg. Dann erzählte ich Duncan und Liddy, wie Andrea, Eliot, Ken und ich uns die Türen vorgenommen hatten und Andrea dann nach einer Weile weggegangen war.

»Kann nicht sagen, daß mich das überrascht«, sagte Liddy trocken. »Aber sie hat den ganzen Brassel auf sich genommen.«

Duncan sah mich an, und eine Frage zeichnete sich auf ihrem Gesicht ab. Nicht irgendeine Frage. DIE Frage. Dann sah sie, daß ich sie ansah, und sie guckte weg. Wir machten ein paar Minuten Smalltalk darüber, wie es für Andrea sein mußte, irgendwelche Sachen anzustreichen, während wir anderen alle faulenzten. Ich sah, daß sie beide die Frage in ihrem Kopf wälzten, aber sie drängten mich nicht! Wenn ich wollte, konnte ich einfach die Klappe halten, und basta. Ich saß da und fühlte mein Schweigen, fühlte, wie tief und breit es wirklich ist, noch so etwas, worin man ertrinken kann. Ich spürte es ganz genau – wie man ertrinkt, wenn man nicht die Wahrheit sagen kann. Ich spürte, wie mein Atem stockte. Also machte ich den Mund auf, um Luft zu holen, und eh ich mich's versah, sprach ich es aus:

»Was sie an diese Wände geschrieben hat, stimmt.« Ich saß da und guckte auf Liddys schwarze Königin, sah keine von ihnen an.

»Ich hab's gewußt!« rief Liddy.

»Dieser Schleimbeutel!« murmelte Duncan.

Und weil Duncan recht hatte – Rik ist ein Schleimbeutel –, ließ ich die ganze Geschichte raus, alles, was ich Bellows neulich hätte erzählen sollen, aber nicht erzählen konnte, weil er mir ja gar nicht zuhörte! Er wollte es ja nicht hören! Das ist es! Die Dinge einfach nur jemandem zu erzählen, der wirklich zuhört, der sie hören will und versteht, hilft einem rauszufinden, wann jemand nicht zuhört, nichts hören will und nichts versteht.

Also erzählte ich ihnen, wie damals alles in der Achten begann, wie bedürftig ich damals war, wie er das die ganzen Jahre ausgenutzt hat.

»Das ist seine Masche«, sagte Duncan.

»Seine Masche?« wiederholte ich.

»Du weißt doch, mein Dad ist schon zwanzig Jahre hier, Stevie. Scheiße noch mal, er hat mich gewarnt, ich soll mich von Rik fernhalten!«

»Echt?«

»Echt«, sagte Duncan. »Mein Dad meint, Rik soll die Finger von den Mädchen lassen.«

»Du meinst, du wußtest –«

»Nimm's nicht so schwer, Stevie«, sagte Liddy. »Es stimmt, er hat sich einfach an dich rangeschleimt.«

»Sieh's von der positiven Seite«, sagte Duncan. »Es ist doch gut ausgegangen, oder? Ich meine, jetzt ist ja Andrea deine Freundin, stimmt's?«

Ich saß da und ließ alles über mich hinwegspülen. Okay, okay, ein paar Leute haben es also gewußt, aber es hat mich nicht umgebracht. Ich weiß, ich bin nicht schmutzig, und das ist das Wichtigste. Und jetzt bin ich da raus – frei! Und Andrea ist meine Freundin. Na ja, ich hoffte, daß das stimmte. Ich nickte, erst leicht, dann heftig.

»Ja, sie ist meine Freundin«, sagte ich, »meine sehr, sehr gute Freundin. Ich liebe sie.«

»Na, siehst du«, sagte Duncan. Liddy nickte ebenfalls. Ich grinste sie ein bißchen seltsam an, verlegen, aber auch froh. Sie wußten es! Und es war okay. Herrgott, warum kann nicht die ganze Schule so sein wie sie? Warum nicht die ganze Welt?

Ich blieb also noch ein Weilchen bei ihnen sitzen, trank meine Cola aus und sah ihnen beim Schachspielen zu. Dann wußte ich, was ich zu tun hatte. Ich stand auf, bedankte mich und machte mich auf zum Sport-Center.

Zuerst konnte ich sie nicht finden. Ich suchte überall, aber sie war nicht da, war nirgends. Ich hatte eigentlich nicht damit gerechnet, daß sie im Schwimmbad sein könnte, sah aber trotzdem nach, sauste die Treppen rauf und stieß die Türe weit auf – und sah sie. Einen Moment lang glotzte ich einfach nur überrascht: das Becken war ganz leer, wie ein weit aufgerissener Mund, und Andry stand ganz am tiefen Ende auf dem Grund, mit einer Farbrolle an einer Stange. Aber das Seltsamste war diese Maske, dieses Ding, das ihr Gesicht bedeckte. Sah aus wie eine Gasmaske. Eine Sekunde lang dachte ich, vielleicht sei es ja gar nicht sie. Es hätte irgendwer sein können, – ein Außerirdischer oder ein Soldat. Aber dann zog sie das

Ding hoch, und ich sah sie, mit roten Abdrücken um Nase und Mund.

Ich ging rein, blieb wieder stehen. Wir standen da und sahen uns an, ich am Beckenrand, sie am anderen Ende, die Rolle in der Hand.

»Hi«, sagte ich schließlich. Herrgott, war ich nervös! Wenn sie mich nun abfahren ließ! Mir erklärte, ich solle mich verpissen. »Wie läuft's?«

Andrea, meine Freundin, meine sehr, sehr gute Freundin, die ich liebe! zuckte die Achseln. »Ich schätze, das ist eine gute Übung für den Sommer«, sagte sie.

»Hm. Dann hast du also das Malerteam zusammen?« fragte ich. Um die Leere zu füllen.

»Mehr oder weniger.« Sie sah mich an. Da merkte ich, daß sie wartete. Abwartete, daß sich zeigte, warum ich gekommen war, was ich wollte, vermute ich.

Ich konnte es noch nicht sagen. Statt dessen fragte ich sie, ob es irgendwo noch eine Rolle und eine zweite Maske gebe.

»Du willst mir helfen?« fragte sie. »Warum?«

»Darum«, sagte ich. »Darum. Darf ich?«

Sie zuckte abermals die Achseln, legte die Rolle hin und verschwand für ein paar Minuten. Kam zurück, mit einer Rolle, einer Maske, einem Pinsel und einem kleinen Eimer blauer Farbe. Als ich sie fragte, wofür die sei, sagte sie, um die Wände auszubessern.

Ich setzte also die Maske auf und stieg mit ihr hinab. Wir machten uns ans Werk. Arbeiteten einfach nur vor uns hin, ohne ein Wort zu wechseln, etwa zwanzig Minuten. Das war schon ein komisches Gefühl – was dachte sie wohl von mir? Aber es war auch so toll, einfach wieder bei ihr zu sein, den Rhythmus ihres Körpers zu spüren, während sie neben mir arbeitete. Gott, wie ich sie liebe! Und gleichzeitig auch diesen stählernen Kern in ihr zu spüren, diesen Teil von ihr, der die Sachen einfach anpackt. Den Teil, der mich manchmal wirklich an ihr nervt! Ich fühlte auch das! Fühlte sie. Alles an ihr, selbst die Dinge, für die ich vermutlich nie Worte finden werde.

Schließlich sagte ich einfach durch die Maske: »Andrea!«

Sie hielt nicht mal inne. »Was?«

»Ich hab dich vermißt«, sagte ich. Ich wußte nicht, wie ich es anders ausdrücken sollte.

Jetzt hielt sie inne. Sah mich an. Es war irre, wir beide da unten auf dem Grund des Beckens, wie wir einander durch diese Gummimasken ansahen.

»Komische Art, das zu zeigen!« sagte sie durch ihre Maske.

Sie war wütend! Ich dachte, das war's dann wohl. Ich stand mitten in meiner Rollenbahn auf. Aber sie redete weiter.

»Ich meine, ich weiß, du warst wirklich sauer und alles, aber du brauchst doch nicht einfach zu gehen und so zu tun, als sei ich gar nicht da, Stevie! Weißt du nicht, wie ich mich da fühle?!« Sie sah mich nicht an, arbeitete immer noch weiter, mit eckigen Bewegungen. Aber woher zum Teufel sollte ich wissen, wie sie sich fühlte? Da wurde ich auch wütend.

»Und was ist mit meinen Gefühlen, Andrea? Wie würdest du das finden, wenn die ganze Schule wüßte, daß dich ein Lehrer gevögelt hat!«

»Darum ging's doch nicht, Stevie!«

»Ach!«

Sie riß sich jetzt die Maske runter, stand da und sah mich an, das Gesicht entblößt, schweißnaß, die Locken an der Stirn festgepappt. Wir standen uns gegenüber, und sie fixierte mich.

»Was willst du von mir!« schrie ich.

»Ich will, daß du diese verdammte Maske abnimmst! Ich will dich sehen!«

Ich wollte diese verdammte Maske ganz und gar nicht abnehmen! Ich schwieg, drehte den Kopf weg. »Stevie!« Zorn und Flehen in ihrer Stimme. Ich zog das Ding runter. Aber ich konnte sie nicht ansehen. Ich wußte, daß sie es wollte, auch wenn sie's nicht sagte. Schließlich guckte ich hin. Sie sah mir genau ins Gesicht. Ich wandte mich ab, sah dann wieder hin.

»Stevie, ich liebe dich, verdammt noch mal! Ich habe dieses Zeug an die Wand geschrieben, weil ich dich liebe!«

»Ziemlich merkwürdige Art, das zu zeigen!« sagte ich. »Der ganzen Schule mitzuteilen, daß ich ein Flittchen bin!«

»Ich denke nicht, daß du ein Flittchen bist, Stevie!«

Oh Gott. Oh Gott. »Doch, denkst du wohl!«

»Ich denke, Rik ist ein geiler Bock. Das habe ich doch auch geschrieben, oder nicht?«

»Und was bin dann ich?«

»Sein Opfer, verdammt noch mal, Stevie!«

Ich sah natürlich längst wieder weg. Aber es kam bei mir an. Es war genau dasselbe, was ich inzwischen auch sehen konnte. Ich hatte nur einfach solche Angst, daß sie es nicht so sehen würde. Aber das ist Andrea! Andrea, die mich versteht wie niemand sonst auf der Welt. Andrea.

Immer noch mit gesenktem Kopf, aber jetzt ohne jeden streitsüchtigen Ton in der Stimme, fing ich an, ihr von diesem Abschlußball-Abend zu erzählen. Ganz langsam, den Blick auf meine Turnschuhe geheftet, diese abgeschubberten alten Dinger. Wenn man bedenkt, wie oft und wie ausgiebig ich sie mir immer ansehe, sollte man meinen, sie müßten interessanter sein! Ich redete und redete. Ich erzählte ihr genau, was ich gesehen hatte. Ich erzählte ihr von jener ersten Nacht, wie er sich an mich rangeschlängelt hatte. Und dann sah ich sie an, und ich sah, wie sie zuhörte, meine Geschichte aufnahm, sie wirklich hörte.

»Stevie«, sagte sie, und dann lag ich in ihren Armen. Endlich! Der schönste Platz auf der ganzen Welt. Sie hielt mich, und ich hielt sie. Und dann weinte ich ein bißchen.

Gott, ich würde es so gern dabei belassen. Aber da war noch etwas, was ich hier hinschreiben muß! Der Teil, wie wir nach einem Weilchen das Becken zu Ende strichen und in die Snack-Bar gingen. Und wie, als wir wieder zurückkamen, die Farbe getrocknet war und das Becken von da, wo ich stand, plötzlich wie ein großes leeres Blatt aussah. Da schoß mir plötzlich diese Idee durch den Kopf, und ich ging hin und schnappte mir den kleinen Farbeimer.

»Zeit für ein kleines Happening«, sagte ich, stemmte den Deckel auf, rührte die Farbe mit dem Holzstab um, sah zu, wie die hellere und die dunklere Masse zu einer blauen Masse verschmolz, hob den Pinsel auf, der neben dem Eimer lag, und schwang mich die Leiter runter. Kniete am tiefen Ende nieder.

Andrea kam hinter mir her und fragte: »Was hast du vor?« Ich malte, und sie las die einzelnen Lettern über meine Schulter. »R«, sagte sie, »I. K. W. O. O. D. I. S. T. E. I. N. G. E. I. L! E! R! B! O! C! K!« Und wir lachten beide, lachten dieses Lachen, das ganz tief aus dem Bauch kommt. Ich schrieb weiter, immer wieder diesen Satz und den anderen, den Andrea damals geschrieben hatte: »Rik Wood macht sich über Schülerinnen her.« Dann übernahm Andrea den Pinsel. Wir dekorierten den ganzen Boden des Schwimmbeckens am tiefen Ende. Sie werden gleich morgen früh als erstes das Wasser wieder einlassen, und Andrea sagt, sie ist ganz sicher, daß sie die Malerarbeiten nicht kontrollieren. Also wird diese Schrift noch einige Zeit da bleiben! Dort steht es. Eine Botschaft an alle Bristol-Schwimmer! Die Wahrheit in der Tiefe.

6. Juni 1980, Samstag DER TAG DAVOR

Rik –

ich wette, Du hast nicht damit gerechnet, daß ich Dir schreibe. Ich wette, Du hast überhaupt nicht damit gerechnet, je wieder etwas von mir zu hören.

Aber Du wirst.

Ich will, daß Du weißt, daß ich weiß, was Du mit Jeanie machst, daß ich weiß, wer Du bist. Daß Du, egal, mit welch hübschen Worten Du es verbrämst, tatsächlich ein geiler Bock bist. Daß Du Dich tatsächlich über Schülerinnen hermachst.

Ich habe lange gebraucht, um das zu sehen. Ich wollte Dir glauben, als Du es Liebe genannt hast. Aber ich weiß, es ist keine Liebe. Liebe wäre es gewesen, Deine Finger von mir zu lassen, Liebe wäre es gewesen, mir zuzuhören und mir Ratschläge zu erteilen – so wie Mic es tut! – und es dabei zu belassen. Liebe wäre es gewesen, mich in meinem eigenen Tempo erwachsen werden zu lassen, statt in Deinem, keinen Sex aus mir herauszupressen. Ich habe Dir nie gesagt, wie das für mich war, dieses erste Mal, oder? Es hat mir gar nicht gefallen! Aber ich dachte, das sei meine Schuld. Und das habe ich lange, lange Zeit gedacht. Aber jetzt weiß ich, daß bei mir alles stimmt, daß es sich für mich gut und richtig anfühlen kann.

Dieses höhnische Grinsen, mit dem Du Andrea und mich auf der Tanzfläche angeguckt hast, war widerlich. Und diese blöde Bemerkung, die Du Andrea gegenüber gemacht hast, über ihre Skulpturen! Du bist ein widerlicher Kerl! Du nennst etwas, was verabscheuungswürdig ist, Liebe und versuchst dann, etwas, was Liebe ist, als verabscheuungswürdig hinzustellen.

Du denkst immer nur daran, was Du willst. Du hast mich nie gefragt, ob mir das gefällt, was Du mit mir gemacht hast. Ich bin nicht auf die Idee gekommen, mich das selbst zu fragen. Ich dachte, ich müßte Dich glücklich machen. Aber es hat mir nicht gefallen! Was mir gefallen hat, war, von Dir beachtet zu werden. Ich wollte, daß Du Dich für mich interessierst, MICH, nicht den Sex mit mir. Hol Dich der Teufel für diesen Abend, als Du Dich auf dem Sofa über mich hergemacht hast. Warum hast Du Deine schleimigen Finger nicht von mir gelassen! Hol Dich der Teufel für all die Male, die ich diesen ganzen Scheiß in Deinem Bett über mich ergehen lassen mußte. Und vor allem für dieses letzte Mal, als Du einfach nicht von mir runterwolltest, obwohl ich Dich angefleht habe. Herrgott, was glaubst Du, wer Du bist! Ich habe Dich gebeten, von mir runterzugehen. Warum mußte ich flehen?! Du hättest mir gleich zuhören sollen!

Und jetzt machst Du die gleiche Scheiße mit Jeanie. Du bist wirklich ekelhaft. Andrea hatte recht, als sie diese Sachen über Dich an die Wand geschrieben hat. Sie weiß nämlich alles über Dich. Und Mic auch. Sie denkt genauso darüber wie ich. Und ich war sogar bei Bellows und habe versucht, es ihm zu erzählen. Aber da bist Du sicher, und das weißt Du. Du weißt, daß er mir nicht zuhören wird. Du weißt, daß er nicht zuläßt, daß Dich jemand am Arsch kriegt, weil Dein Arsch hier an dieser verdammten Schule mehr zählt als meiner, auch wenn Du Unrecht tust. Ich weiß nicht, warum das so ist, aber ich mußte feststellen, daß es so ist. Du weißt das, und ich weiß, Du hältst Dich für unantastbar, egal, wie viele Mädchen Du noch verführst. Aber warte nur – eines Tages wirst Du merken, daß Du Dich getäuscht hast. Böse getäuscht. Auch wenn Bellows Dich Dein Leben lang schützt, wirst Du irgendwann aufwachen und Deine ganze verfaulte Seele vorfinden, verfault von Deinem verlogenen Leben.

Und Du wirst mir kein bißchen leid tun.

Aufrichtig,

Stevie

7. Juni 1980, Sonntag
ICH HABE MEINEN ABSCHLUSS

So, das ist jetzt so ziemlich alles für dieses Buch – es ist fast voll, und ich glaube, ich sollte jetzt sowieso ein neues anfangen. Aber von diesem letzten Tag muß ich wohl noch erzählen.

Also – ich bin jetzt hier bei Andrea daheim, und wir werden uns erst mal eine lockere Woche gönnen – vielleicht ein paar Abschlußfeten oder auch nicht – bevor wir nächste Woche mit dem Maler-Team anfangen. Lois findet es okay, daß ich jetzt erst mal hier bin. Nächstes Wochenende fahren wir nach Vermont, meine Sachen holen, und kommen dann wieder zurück. Für den Sommer ziehe ich vielleicht zu ein paar anderen Mädchen, die Andrea kennt – sie kriegen ein ganz riesiges Haus. Könnte echt lustig werden! Obwohl ich irgendwie auch lieber hier bei ihr bleiben würde. Trotzdem. Ich hätte auch gern mein eigenes Zimmer. Na, wir werden sehen. Heute abend brauche ich erst mal noch gar nichts zu entscheiden.

Okay. Es ist gelaufen. Die Abschlußfeier. Wir saßen dort in der riesigen Turnhalle und ließen die ganzen Reden über uns ergehen. Ich fand es nicht besonders berückend. Milde ausgedrückt! Ich saß da, in diesem steifen weißen Kleid, das Mom und Oma mir gekauft haben, und mußte mir anhören, wie Bellows sagte, das Allerwichtigste in Bristol seien die Schüler und Schülerinnen. Meine Fresse!!! Klar doch! Kotz. Ist das zu fassen?! Ich bin ja so froh, daß ich aus diesem Laden raus bin. Obwohl ich es immer noch nicht recht glauben kann!

Und dann waren da die ganzen Eltern. Sie kamen kolonnenweise, in Kombis mit Holzimitat an den Seiten und mit großen dunklen Wagen. Geschniegelte und gebügelte und parfümierte Heerscharen, elegante, reiche Erwachsene, erfüllt von bangem Stolz.

Gott, ich bin ja soooo froh, daß ich da raus bin!

Und dann natürlich meine Eltern. Mit Oma und Opa, um die Spannung zwischen ihnen abzufedern. Oh, Gott, meine Eltern. Ich glaube, wirklich über sie schreiben werde ich erst im nächsten Tagebuch!

Also, was noch? Oh, natürlich, Mic! Ich ging gerade rüber zum Warnock-Flügel, um Lois und Andrea abzuholen, damit wir endlich fahren könnten, und sie kam aus der Vordertür des Schulgebäudes. Ich wollte gerade noch so tun, als hätte ich sie nicht gesehen! Aber sie rief meinen Namen. Kam auf mich zu. Und ein paar Schritte von mir entfernt, blieb sie stehen. Sie sagte zuerst nichts, stand nur da und sah mich an. Und dieser Ausdruck auf ihrem Gesicht! Ein bißchen Traurigkeit, etwas Stolzes, etwas Zärtliches, aber noch etwas, etwas, was das andere nicht rauslassen wollte?

Ich weiß nicht, was auf meinem Gesicht stand, aber als ich sie so ansah, merkte ich, wie schön sie ist. Oh, Mic! Wie war das mit der Stimme des Herzens? Aber das habe ich sie nicht gefragt. Schließlich sagte sie, sie wünsche mir viel Glück. Ich sagte, ich ihr auch.

Und das war's auch schon fast. Ich mußte weg. Ich sagte ihr, Andrea warte auf mich. Sie sagte, also dann, Lebwohl. Ich verabschiedete mich ebenfalls. Aber als ich mich umwandte, um weiterzugehen, rief sie: »Stevie!« Ich drehte mich wieder um und sah sie an, und sie sagte, sie wünsche uns beiden das Allerbeste.

»Danke, Mic«, sagte ich. Dann ging ich. Aber ich war so traurig auf dem Weg rüber zum Warnock-Flügel! Ich weiß nicht. Da ist so vieles! Aber von allem abgesehen, habe ich eine Menge von ihr gelernt. Und ich werde sie vermissen. Und mich immer an sie erinnern.

Aber ich will jetzt nicht mehr darüber schreiben. Über sie. Ich will über etwas ganz anderes schreiben, und das ist meine eigentliche Abschlußfeier! Diese kleine Zeremonie, die Andrea und ich gestern abend veranstaltet haben. Ich schätze mal, um die Geschichte richtig zu erzählen, muß ich mit dieser kleinen Fete gestern abend in der Snack-Bar anfangen. Williams war es, der den Schlüssel beschafft hatte und uns alle reinließ. Er ist wirklich ein cooler Typ. Er ist ein Lehrer, der sich einfach gern amüsiert. Also waren wir zu etwa zwanzig Leuten dort drinnen. All diejenigen, die nicht mehr mit ihren Eltern essen oder irgendwo draußen im Wald feiern waren. Ich war glücklich. Andrea war bei mir, und Liddy und Duncan waren da und Sylvie und Val und Ken und Eliot und Diamond auch. Und noch ein paar andere. Etliche von den Leuten, die ich hier am liebsten gemocht habe. Etliche von den Leuten, von denen ich wünschte, ich hätte sie besser kennengelernt.

Na, jedenfalls, wir tanzten und tanzten, und es war so toll. Andrea und ich haben sogar einen langsamen Tanz zusammen getanzt, und niemand hat auch nur mit der Wimper gezuckt. Und mitten im Stück glitten Liddy und Duncan auf die Tanzfläche, die Arme umeinandergelegt! Hmmmhmmm, man weiß ja nie, stimmt's? Aber eine Vermutung kann man ja wohl riskieren!

Und ich vermute, daß ja. Und Andrea auch.

Aber wie auch immer, beim Tanzen beschlossen wir beide, unsere letzte Nacht in Bristol in einem Bett zu verbringen. Wir entwickelten flüsternd unseren Plan, während wir uns zu »Peaceful Easy Feeling« wiegten. Wow! Ich war von einer solchen Wärme erfüllt!

Und das haben wir dann auch getan. Wahnsinn. Sie kam in mein Zimmer. Und es war das erste Mal, daß wir zusammen waren, seit dieser ganze Schlamassel anfing, und deshalb war es, wie wenn man lange nichts gegessen hat und richtig ausgehungert ist. Ich zündete etwa fünf Kerzen an und knipste das Licht aus. Und wir gingen ins Bett.

Ich weiß, daß ich noch nie im Leben so weit gegangen bin. Nicht so sehr in dem, was wir taten, sondern irgendwo in meinem Inneren, da ging ich weiter als je zuvor, verlangte nach ihr, fühlte, wie sie nach mir verlangte.

Wie soll ich das beschreiben? Es ist das Wichtigste in diesem ganzen Buch! Was ich fühle. Wieviel ich fühle! Da ist eine Menge in mir drin. Ich bin noch nicht abgebrannt!

Sie. Ihre Berührung in mir, wie sie sich über meinen

Körper bewegt. Wie mich das ganz erfüllt. Ich fühle sie überall, bis in mein Innerstes, bis an einen Ort, von dem ich gar nicht gewußt hatte, daß es ihn gab. Muß der Ort sein, wo die Liebe wohnt. Genau. Das ist es. Der Ort, wo die Liebe wohnt. Und danach – der Schlaf kam so mühelos – driftete ich sachte hinüber, träumte die ganze Nacht. Träumte den alten Kit-Traum! Ich sehe sie auf dieser hohen alten Tanne und gehe auf sie zu, rufe dauernd ihren Namen. Diesmal komme ich endlich zu dem Baum. Kit klettert miauend runter, und dann ist sie in meinen Armen, und wir gehen, gehen, gehen, die ganze Zeit, bis ich aufwachte, und da war Andrea neben mir und schlief, halb im Kissen verbuddelt. Ich sah sie an, kam zu mir, fühlte noch, wie sich die Katze eben an meine Brust geschmiegt und geschnurrt hatte.

»Andrea!«

Ich flüsterte ihren Namen. Und ohne richtig wach zu werden, krabbelte sie zu mir, in meine Arme. Und so lagen wir lange Zeit da, nicht richtig wach, noch ohne Gedanken an den Tag, der vor uns lag, die Zeit, die hinter uns lag, ohne Gedanken an irgendwas. Wir lagen einfach nur so da. In unserer eigenen Zeit. Ihrer und meiner.

Für Sex etc., eine amerikanische Zeitschrift von Studenten für Studenten wurde Hilary Mullins interviewt. Hieraus ein Ausschnitt.

Frage: Was war die Motivation, dieses Buch zu schreiben?
Hilary Mullins: Ich wollte zeigen, daß es Möglichkeiten gibt, sein Leben zu ändern, daß es möglich ist, hinter den wahren Charakter der Dinge zu kommen und sich entsprechend zu verhalten.
Frage: Wie sieht der Denkprozess bei einem Opfer sexuellen Mißbrauchs aus?
Hilary Mullins: Sexueller Mißbrauch hatte mich gelehrt, meine Gefühle zu mißachten. Wenn dich jemand mißbraucht, dann zeigt er dir, daß deine Gefühle nichts wert sind, daß sie unerheblich sind. Du entwickelst das Gefühl, wertlos zu sein. Das bestimmt alle deine Beziehungen. Das weiß ich aus eigenen Erfahrungen.